Rauchstopp

Keine Panik!

Roman

Sina Graßhof

TWENTYSIX – Der Self-Publishing-Verlag
Eine Kooperation zwischen der Verlagsgruppe
Random House und BoD – Books on Demand

© 2019 Graßhof, Sina

Herstellung und Verlag:
BoD – Books on Demand, Norderstedt.

ISBN: 9783740727963

Erster Teil

1

Morgen beginnt eine neue Zeitrechnung. Ab morgen bin ich eine Andere. Wie neu geboren. Ein frischer neuer Mensch, ohne Makel und Fehler. Und vor allem ohne Süchte. Ich habe soeben meine letzte Zigarette geraucht – denn darum geht es hier. Nicht um harte Drogen, denen konnte ich nie viel abgewinnen, obwohl ich ein paar probiert habe. Es geht um die Volkssucht Nummer eins – oder Nummer zwei, je nachdem wie es mit dem Alkohol gerade steht. Und sie ist ein riesen Problem für mich geworden.

Meine erste Zigarette genehmigte ich mir mit 12. Die coolen Jungs im Park, wo meine beste Freundin und ich immer abhingen, gaben sie uns. Und wir wollten, wie so viele, nicht einen auf priesterlich machen und Nein sagen. Wir wollten so cool sein wie sie und von ihnen gemocht werden. Wollten dazugehören, auch wenn wir nicht wussten, welchen Preis wir dafür zahlten. Also probierten wir es aus. Ich kann ehrlich nicht mehr sagen wie sie mir geschmeckt hat. Das ist zu lange her und seit dem habe ich zu viele geraucht. Aber sie war definitiv der Einstieg für uns. Bald schon rauchten wir beide, meine beste Freundin und ich, auch alleine. Wir teilten uns von unserem Taschengeld pro Monat circa zwei Päckchen. Bis unsere Freundschaft zwei Jahre später wegen eines Jungen endete.

Unsere Eltern wussten davon nichts. Sie bemerkten nur die enormen Parfümwolken in die wir uns hüllten, um nicht ertappt zu werden. Ich erinnere mich an einen Moment mit meiner Mutter, die meinte, wir riechen als wären wir geradewegs aus dem Puff gekommen. Uns war alles recht, solange wir nicht erwischt wurden.

Zwischen 15 und 18 rauchte ich nur gelegentlich mal eine. Das war ok und hat gereicht. Aber mit dem Auszug von zu Hause, weit weg von meiner militant nicht rauchenden Mutter, ging es wieder los. Und dieses Mal heftiger. Ich rauchte wann immer ich wollte und das war oft. Eine Schachtel am Tag war drin, an schlechten Tagen mehr. Aber es hat mich nicht gekümmert. Ich war jung, weit weg von Falten oder Krankheiten, all den Prophezeiungen der Gesundheitsbehörden, die einem das Rauchen vermiesen sollten. Damals, Ende der Neunziger, war deren Programm auch noch nicht so umfangreich. Da stand auf den Packungen nicht, dass Rauchen tötet. Geschweige denn all der anderen Dinge die sie uns heutzutage um die Ohren hauen. Zu recht. Das will ich gar nicht klein reden. Nur mit 18 macht man sich darüber keinen Kopf. Und es trifft ja eh immer die anderen, nicht einen selbst. Nicht wahr?

Ich rauchte weiter bis 25. Dann kam plötzlich und unverhofft ein Tag an dem ich das Rauchen nicht mehr mochte. Es war mir über, zuwider. Ich wollte das nicht mehr. Alles stank, man hatte nie wirklich frische Luft in der Lunge und es war schweineteuer. Von einem Tag auf den anderen gelang mir das Unmögliche. Ich pfefferte meine letzten Kippen in den Müll und ward, von jetzt auf gleich, Nichtraucher. So einfach. Es fiel mir nicht mal schwer und ich vermisste es auch nicht. Komischerweise. Das ging sieben Jahre gut. Dann, durch einen ganz blöden Zufall – ich hatte Liebeskummer und mir gerade einen Film reingezogen in dem alle rauchten – griff ich wieder zu. Ging zum Kiosk und kaufte mir meine erste Packung seit Jahren um nur eine zu rauchen. Natürlich. Natürlich blieb es nicht dabei. Das Laster hatte mich schnell wieder in seinen Fängen. Zuerst habe ich nicht viel geraucht, doch es wurde mehr und mehr. Bis ich wieder süchtig war und nicht mehr ohne konnte. Nach sieben Jahren Abstinenz und einer beidseitigen Lungenentzündung mit 27, die mich eigentlich eines besseren belehrt haben sollte. Es ist wirklich kein Spaß lungenkrank zu sein. Das verdrängt man aber leider als Raucher. So dumm es sich anhört. Man denkt nicht an die Konsequenzen. Und wenn solch ein Gedanke mal aufkommt, vertreibt man ihn schnell wieder. Aber das wissen Sie sicher selbst. Man redet sich schön was nicht schön ist. Genau wie in der Kneipe, wenn das Gegenüber nach ein paar Bier plötzlich doch hübsch ist.

Aber das soll nun ein Ende haben. Meine Raucherkarriere ist vorbei. Ich hoffe es. Denn dies ist nicht mein erster Versuch. In den letzten Monaten gab es immer mal wieder Tage an denen ich meinen Tabak (ich drehe seit 3 Jahren, aus Kostengründen) wegwarf und mir sagte, ich brauche das nicht. Doch beim kleinsten Anzeichen von Stress oder Kummer griff ich wieder zu. Ich hielt nie länger als ein paar Tage durch. Manchmal nur Stunden. Und dann merkte ich, wie schlimm es steht. Die erste Zigarette, nach einer Weile Verzicht, schmeckt scheußlich. Es wird einem schwindelig und der Kopf wird schwer. Aber das macht nichts, denn die Sucht sieht das anders. Sie will genau das, genau so wie es ist. Und man gibt sich geschlagen.

Ein guter Freund schenkte mir vor zwei Jahren das Buch „Endlich Nichtraucher" von Allen Carr. Das las ich zweimal durch und ich verstand einiges über das Rauchen. Ein wirklich interessantes Buch. Aber es hat mir nicht geholfen. Denn egal wie viel ich nun über das Rauchen wusste, es machte die ersten Tage des Entzugs nicht leichter. Die Depressionen in die ich verfiel blieben die selben. Auch wenn ich wusste, dass das Rauchen ein Trugschluss ist, einem nichts bringt außer Probleme – ich habe es einfach nicht über die ersten sehr anstrengenden Tage hinaus geschafft. Ich habe mich komisch gefühlt. Die ganze Welt hat sich komisch angefühlt. Und ich wusste, mit nur einer Zigarette wäre das alles wieder zu kitten. Also rauchte ich. Doch dann begann ich Panikattacken zu bekommen, sobald ich mir eine anzündete. Weil der Wunsch aufzuhören so stark war, meine Stärke sich aber versteckt hielt.

Es ist so verdammt schwer aufzuhören. Und mir fehlt der Rückhalt. Das ist wirklich der Knackpunkt. Ich habe momentan nicht viel im Leben was mir Freude macht oder Rückhalt gibt. Ich bin seit einem Jahr arbeitslos, habe keinen Partner und nur Freunde, deren Leben dem meinen nicht unterschiedlicher sein könnte. Rauchen gibt mir Halt. So blöd das auch klingt. Rauchen und Essen. Zweiteres versuche ich zu reduzieren, da ich zugenommen habe. Das ist mir mindestens genau so wichtig wie der Rauchentzug. Und ich habe das Gefühl, wenn ich mich bei beiden Sachen zurücknehme, habe ich nichts mehr worauf ich mich im Leben freuen kann. Und keinen Halt mehr.

Dennoch, die Panikattacken, die ich seit Tagen bei fast jeder der schon reduzierten Zigaretten bekomme, sind mir über. Also muss ich es versuchen. Ernsthaft. Diesmal ohne Joker.

2

Es ist zwei Uhr nachmittags und ich habe es gerade mal vor einer halben Stunde geschafft, mich in die Aufrechte zu bringen. Ich habe vom Rauchen geträumt, wie ich mir an einem weißen Sandstrand gemütlich eine drehe und sie dann genüsslich rauche. Der Traum schlechthin. Genuss ist dabei allerdings so eine Sache. Ein Genuss ist es ja nicht wirklich, oder? Das redet man sich ein, um es zu rechtfertigen. Vielleicht ist der erste Zug sowas wie

Genuss, weil er einen für kurze Zeit von den Entzugserscheinungen befreit. Aber darüber hinaus hat das alles wenig mit Genuss zu tun – nicht zu vergleichen mit gutem Essen zum Beispiel. Dennoch, der Traum steckt in meinem Kopf fest. Ich will eine rauchen, jetzt sofort. Anders komme ich heute nicht in die Gänge. Das Gute ist – muss ich auch nicht wirklich. Ich habe mir für heute und die nächsten Tage extra nichts vorgenommen, damit ich das hier in Ruhe und für mich machen kann. Wenn ich ausschlafen will, kann ich das. Wenn ich schlechte Laune habe, ist das ok. Wenn ich depressiv werde, muss ich damit niemanden belasten. Ich denke, es ist das Beste so. Vielleicht wäre Ablenkung auch nicht verkehrt. Aber für die ersten Tage ist definitiv Ruhe das Richtige. Das ganze Gift muss aus meinem Körper und die Gedanken daran aus meinem Kopf gespült werden. Dafür kann man sich ruhig ein paar Tage frei nehmen.

Es ist ein schöner Tag draußen. Die Sonne scheint, Vögel zwitschern, es ist warm; aber ich traue mich nicht raus. Wenn ich auch nur eine Person rauchen sehe, gebe ich nach, das weiß ich jetzt schon. Ich bin noch zu schwach. Ich habe mich gestern mit allem Nötigen für die nächsten Tage eingedeckt und muss nicht raus. Auch wenn es schade ist und mir sicher gut tun würde. Aber ich traue mir nicht, beziehungsweise diesem Suchtmonster das in meinem Kopf wohnt. Und das dafür sorgt, dass ich circa alle zehn Minuten denke: „Ich will eine rauchen." Scheiße auch. Will ich wirklich. Denn ich fühl mich gerade ziemlich am Boden. Depressiv. Und immer wenn ich mich so fühle, kommen Gedanken an vergangene Lieben hoch. Das Schlimmste überhaupt. Und nein, nicht die schönen Erinnerungen, sondern das bittere Ende. Das war in der Vergangenheit immer der Punkt, an dem ich nachgegeben habe. Die Erinnerung an Khalil und mich.

Zuerst war da gar nichts. Er war mein neuer Kollege in dem Café in dem ich als Barista tätig war und sollte in der Küche eingearbeitet werden. Das habe ich übernommen. Wir haben uns gut verstanden – auf Englisch, sein Deutsch war noch nicht so gut. Aber das war es auch schon. Ich war kurz davor nach Australien auszuwandern – mein Leben hier hat mich nicht mehr interessiert. Er war gerade erst aus Syrien gekommen und hatte wohl auch anderes im Kopf. Doch dann, Monate später, einen Tag nach Weihnachten, hat es bei mir klick gemacht. Mir waren schon vorher seine Blicke und Komplimente aufgefallen. Und an besagtem Tag hat es auch mich erwischt. Er sah ein bisschen aus wie David Duchovny, ziemlich mein Typ, mit längeren dunklen Haaren, gut gebaut und über 1,80 groß. Also habe ich ihn zu einem sozusagen Willkommen-im-Land-Abend bei mir zu Hause eingeladen. Der lief sehr gut, obwohl nichts passiert ist. Für mich wusste ich jedoch, dass er es war den ich wollte. Und ich war mir so sicher, dass wir zusammen kommen würden, dass ich meinen Visumsantrag für Australien am nächsten Tag gecancelt habe.

Wir haben uns ab dann öfter auch privat gesehen und super verstanden. Aber dass er mich nie geküsst hat, hat mich gewurmt. Und ich habe es schlichtweg nicht verstanden. Unsere Chemie war unschlagbar, es gab Gelegenheiten und ich wollte es so sehr, dass musste er doch irgendwie merken. Aber nichts. Also nahm ich all meinen Mut zusammen und gestand ihm, nach einem gemeinsam verbrachten Abend, dass ich mich in ihn verliebt habe. Er erwiderte das, indem er mir seine Liebe gestand. Ich war auf Wolke sieben. Er meinte dazu noch, dass er bald etwas klarstellen muss, was für mich ok war, auch wenn ich nicht wusste, was er damit meinte und es schnell vergaß. Die nächsten Tage schwebte ich, allerdings allein, denn er hatte viel um die Ohren, so dass wir uns nur auf der Arbeit sahen – und da waren wir ganz professionell. Als wir uns endlich trafen dauerte es nicht lange und er sagte mir endlich was los ist. Er versicherte mir, dass er mich liebe, aber er habe seinen Eltern versprochen eine andere zu heiraten.

Bäm! Schockstarre. Diese Frau sei für ihn ok, er tue es seiner Mutter zuliebe, für die damit ein Traum in Erfüllung geht. Es tue ihm furchtbar leid, aber er hätte es versprochen, bevor er wusste was ich für ihn empfinde und könne aus der Nummer jetzt nicht mehr raus. Dann umarmte er mich und sagte mir wie leid es ihm tue. Ich stand völlig neben mir. Das alles war zu viel für mich und kam so unerwartet, dass das was er sagte kaum bei mir ankam. Ich wollte gehen, aber er ließ mich noch nicht. Er wollte essen gehen, wie wir es geplant hatten, aber mein Appetit war dahin. Also gingen wir etwas trinken. Wir tanken, rauchten und redeten stundenlang. Mein Cocktail tat mir gut und ich konnte mich einigermaßen wieder fangen. Ich sagte ihm er würde so nicht glücklich werden. Er sagte, er hätte keine Wahl. Würde er es nicht tun, würde seine Familie ihn verstoßen. Das konnte ich verstehen, auch wenn es so unfassbar klang. Irgendwann wurde ich müde und hatte genug, ging nach Hause und brach da so richtig zusammen. Die ganze Geschichte war so unglaublich für mich, einfach zu heftig um sie zu begreifen.

Ich finde immer noch, dass aus uns etwas Tolles hätte werden können. Und selbst jetzt, mehr als ein Jahr später, tut es noch weh. Ich war erst ein Mal so verliebt wie in ihn. Das passiert mir nicht so oft. Und es ist unfassbar schade, dass es so enden musste. Einfach nur heftig, was in manchen Kulturen praktiziert wird. Man sollte doch mit einem Menschen zusammen sein, den man liebt, nicht mit jemandem, den man erst lieben lernen muss. So sehen ich und die moderne Welt das. Aber das gilt nicht überall.

Warum musste das ausgerechnet mir passieren? Ich werde beim Thema Liebe echt nicht vom Glück gesegnet. Scheiße. Jetzt will ich wirklich, wirklich eine rauchen. Aber nein!, denk an das aus dem Fenster geschmissene Geld, an deine Gesundheit. Daran, dass das Rauchen dir absolut nichts bringt, außer vielleicht ein paar Minuten Erlösung, für die du einen teuren Preis bezahlst!

Zur Hölle damit, ich brauche jetzt eine oder ich drehe hier gleich durch.

Verdammt, ich habe tatsächlich eine Packung gekauft – diesmal keinen Tabak, weil der zu lange reicht. Ich wollte eigentlich wirklich nur eine. Jetzt sitze ich wieder auf einer Packung. Aber die Kippe hat gut getan. Für den Moment. Ich bin noch zu nah dran am Rauchen, die Hemmschwelle ist noch nicht so hoch. Ich habe noch nicht lange genug nicht geraucht. Das ist das Problem. Trotzdem habe ich wieder Panik, dass ich das nie schaffen werde. Was, wenn ich jeden Tag an die Sache mit Khalil denken muss? Das würde ich nicht aushalten. Wenn ich rauche, denke ich gar nicht mehr an ihn, eher an die Zukunft. Das ist wirklich zum schreien. Ich möchte weinen, aber auch nicht. Ich möchte davor weglaufen, aber habe nicht die Kraft. Das ist mir in letzter Zeit öfter passiert – dass ich ein paar Stunden ohne ausgehalten habe und dann doch wieder Tabak gekauft habe, nur um ihn dann nach ein paar Kippen in den Müll zu schmeißen. Später habe ich ihn, und das ist wirklich ekelhaft – wieder aus dem Müll gerettet und weiter geraucht. So ging das ein paar Mal. Das muss wirklich endlich aufhören. Ob ich die Packung auch in den Müll schmeiße, weiß ich noch nicht. Ich will das wirklich schaffen, aber irgendwas hält mich noch davon ab sie zu entsorgen. Vielleicht brauche ich sie noch.

Ich habe meinen Tabak auch schon mal im Keller gelagert, damit er nicht mehr so schnell erreichbar ist. Das ging ein paar Tage gut, mit einem Abstecher hier und da, und dann habe ich wieder normal weiter geraucht. Nicht gut. Ich kann einfach keine Zigaretten im Haus haben und nur ab und an eine rauchen, wenn ich es gerade brauche. Das schaffe ich nicht und das weiß ich. Entweder ganz oder gar nicht, so läuft das bei mir. Alles andere brauche ich mir gar nicht versuchen einzureden.

3

Khalil und ich haben keinen Kontakt mehr, weil das für mich zu hart wäre – obwohl wir über die Monate auch richtig gute Freunde geworden sind. Den Job habe ich seinetwegen damals gewechselt. Das war das Beste so. Ich hatte einen anderen in Aussicht, der sich aber zerschlagen hat, weil die Kollegin die ich ersetzen sollte ihre Kündigung zurückgenommen hat. Gut für sie, Pech für mich. Seit dem bin ich arbeitslos. Schon etwas über ein Jahr. Das macht mir auch zu schaffen. Ich will so gerne wieder etwas leisten, irgendwo dazugehören. Geld verdienen. Aber bisher hat noch nichts geklappt. Ich habe studiert, keine Ausbildung gemacht – das ist oft das Problem. Mir fehlt für viele Bereiche die Praxis. Mit meinem Literaturstudium komme ich da nicht weit. Klar kann ich Sprachen gut, das ist im Büro gefragt, aber alles andere habe ich noch nicht drauf und mir gibt keiner eine Chance. Also habe ich mehr Zeit zu Hause rumzusitzen und zu rauchen – aus Frust und Langeweile.

Klar habe ich Freunde, aber die haben ihr eigenes Leben, Kinder und all das. Mit privaten Terminen kann ich meinen Kalender daher auch nicht wirklich füllen. Das ist alles so frustrierend, ich will schon wieder eine rauchen. Wie soll ich das jemals schaffen, unter diesen Lebensumständen? Ich weiß es wirklich nicht. Ich weiß nur, dass ich es über alles will. Vielleicht reicht das irgendwann. Vielleicht ist jetzt aber auch einfach nicht die Zeit um aufzuhören. Aber wann dann? Wenn ich wieder arbeite kann ich mir erstmal keine solche Auszeit mehr nehmen. Übers Wochenende ist das sicherlich nicht zu schaffen. Also jetzt. Es muss sein. Ich bin schon 37. Wenn ich noch Kinder bekommen möchte, bekomme ich sie sehr spät. Das heißt, ich muss noch lange fit sein, wenn ich sie und vielleicht auch noch ihre Kinder aufwachsen sehen möchte. Rauchen spielt da negativ rein. Das kann ich mir einfach nicht leisten.

Ich habe gerade, mit richtig schlechtem Gewissen, die zweite geraucht. Die Packung ist jetzt hier und ich weiß nicht, was ich damit machen soll. Sie wegzuschmeißen bringe ich irgendwie nicht übers Herz. Auch wenn das das Vernünftigste wäre. Vielleicht rauche ich sie einfach noch auf und mache dann einen neuen Versuch.

Weitere zwei Zigaretten später sitze ich wieder hier. Es ist mittlerweile Abend. Ich denke, dass was heute passiert ist könnte man einen Rückfall nennen – obwohl ich ja noch nicht sehr weit gekommen war mit meinem Aufhören. Zumindest sind die Zigaretten die ich jetzt rauche nicht so stark wie die Selbstgedrehten. Das ist schon mal was, also kein so tiefer Fall. Davon werde ich leichter wieder loskommen. Mein Plan ist jetzt, heute Abend noch zu rauchen und alles was übrig ist morgen früh in den Keller zu verbannen. Morgen möchte ich auf keinen Fall so weiter machen. Und wegwerfen ist auch keine richtige Option.

Warum, kann ich gar nicht genau begründen – ich habe es ja schon öfter gemacht. Aber ich bringe es einfach nicht über mich. Vielleicht bedeutete das, dass ich gerade nicht so weit bin. Oder ich habe einfach aus meinen Fehlern gelernt – jedes Mal neue zu kaufen und dann den Großteil wegzuwerfen ist einfach blöd. Dann lieber, für ganz schlimme Notfälle, was im Haus haben. Obwohl ich wirklich nicht vorhabe davon Gebrauch zu machen.

Ich muss allerdings sagen, ich fühle mich deutlich besser als heute früh. Da ging es mir als wäre ich frisch von einem Bus überrollt, vor allem mental. Jetzt habe ich wieder Freude in mir. Das Dopamin wird wieder ausgeschüttet – meinem Kopf geht es also gut, aber mein Körper leidet. Entweder oder heißt es wohl die nächsten Wochen. Aber ich denke ich kann das schaffen. Ich will es so sehr – mehr als alles andere.

Ich fand schon immer, dass Frauen die rauchen nicht besonders attraktiv sind. Bei Männern geht das eher durch, aber Frauen steht das nicht. Meine persönliche Meinung. Dass ich dann ausgerechnet eine von ihnen geworden bin, ist schon ein wenig ironisch. Obwohl, bei ganz wenigen Frauen sieht es auch cool aus. Vielleicht bin ich eine von denen, ich weiß es nicht. Aber das sollte mir bald egal sein.

Es ist mitten in der Nacht, ich kann nicht schlafen. Insgesamt habe ich heute sieben Zigaretten geraucht. Das ist weniger als sonst, aber mehr als ich vorhatte. Zudem habe ich noch einen halben Liter Eis gegessen. Deshalb bin ich mittelschwer enttäuscht von mir. Ich will mein Leben endlich in den Griff kriegen. Aber es scheint, als würde ein Laster weitere mit sich bringen. So ist es wohl. Zumindest bei mir. Das ärgert mich. Ich würde das gerne einfach alles abschütteln, aber so einfach ist das leider nicht. Morgen werde ich wieder versuchen mich auf mich selbst stolz zu machen. Ich hoffe es gelingt mir.

Ein alter Bekannter von mir ist neulich verstorben – Hautkrebs. Er hat auch Jahre lang geraucht und sich am Ende dafür verflucht. Er hatte alles, was man sich im Leben wünschen kann – einen guten Job, ein nettes kleines Häuschen und einen ihn liebenden Partner. Das hat er alles jahrelang aufs Spiel gesetzt und letztendlich verloren. War es das wert? Er fand das nicht. Und ich sehe das genauso. Noch bin ich gesund. Ich hatte vor ein paar Tagen meinen Check-Up beim Arzt. Alles gut soweit. Doch wie lange noch? Wenn ich so weiter mache habe ich in ein paar Jahren womöglich Diabetes oder Krebs. Das ist es definitiv nicht wert. Das verdrängt man nur leider zu schnell, solange es einem gut geht.

Ich will das nicht weiter verdrängen. Aus dem Grund, und weil es mir eine Hilfe sein soll, habe ich in den letzten Woche alle Tabak-Verpackungen aufgehoben. All die Bilder und vernichtenden Sätze sollen mich daran erinnern was alles passieren kann. Ich habe vor, mir das in schwachen Momenten anzuschauen. Sofern ich dann daran denke.

Wenn die Sucht ihren Willen durchsetzen will ist sie ziemlich gnadenlos. Man entwickelt einen Tunnelblick. Der lässt all die Warnungen verhallen. Wenn der erstmal eingesetzt hat, hat man keine wirkliche Chance. Ich muss mich aber dazu zwingen. Ich will es diesmal schaffen. So sehr. Keine Ausflüchte mehr. Es muss etwas passieren, denn ich bin unglücklich. Mit meinem Leben und mit mir selbst.

Vieles was schief gelaufen ist hatte und habe ich nicht in der Hand. Ich kann mir nicht einfach einen Job oder einen Freund herzaubern. Aber – ich kann für mich und meinen Körper sorgen. Kann ihn zu einem gesunden Zuhause machen. Denn wie jeder weiß, bekommen wir nur diesen Einen. Und nur diese eine Chance auf ein Leben. Es kann so schnell vorbei sein. Und ich möchte es nicht vergeigen. Damals, als ich meine Lungenentzündung hatte, wäre es für mich fast vorbei gewesen. Beide Lungenflügel waren betroffen und ich hatte eine allergische Reaktion auf die Antibiotika. So heftig, dass ich in die Notaufnahme musste. Ich konnte nur im Sitzen schlafen, im Liegen wäre ich erstickt. Mein Körper hatte damals schwer zu kämpfen, aber er hat es geschafft. Glücklicherweise. Dafür war ich lange dankbar und hätte mir nie vorstellen können wieder mit dem Rauchen anzufangen. Ich erinnere mich noch, wie schwer selbst der Gang zur Toilette war und wie fertig ich hinterher war. Jetzt ist alles wieder gut, aber ich riskiere an jedem Tag den ich rauche, dass mir sowas wieder passiert. Lungenkrebs. Nicht auszudenken wie furchtbar das sein muss. Aber ich habe einen Vorgeschmack bekommen und der sollte mir wirklich eine Lehre sein. Ist es auch, denn ich bin kein dummer Mensch. Da sieht man mal, was für eine Macht diese Sucht hat. Bringt intelligente Menschen um den Verstand und dazu, sich selbst langsam aber sicher zu ersticken und dafür noch teuer zu bezahlen. Dabei bringt einem das Rauchen nichts. Man ist ständig auf der Suche nach dem Kick, der vielleicht ein paar Minuten anhält, dann ist man bis zur nächsten Zigarette einfach nur auf Entzug. Man wird nervös, ängstlich, unausgeglichen – bis man sich dann wieder eine anzündet und sich für ein paar Minuten besser fühlt. So fühlt, wie sich Nichtraucher die ganze Zeit fühlen. Das Rauchen raubt Einem mehr als es Einem gibt. Wenn man das einmal verstanden hat, sollte es eigentlich nicht so schwer sein, damit aufzuhören. Aber weit gefehlt. Man will immer das was man nicht mehr haben darf. Auf Entzug ist die Vorstellung eine zu rauchen weitaus attraktiver als das Rauchen an sich es ist. Wenn man sich dann eine ansteckt ist es fast schon enttäuschend. Aber man macht es, weil nach spätestens ein paar Stunden diese Phantasievorstellung wieder einsetzt. Man malt sich das Erlebnis viel schöner aus als es eigentlich ist. Aber dieser Teufelskreis ist magisch. Er ruft sich selbst immer wieder ins Leben. Man kann wenig dagegen machen. Die Zigarette wird zum Ideal, dabei ist sie weit davon entfernt eins zu sein.

Ich weiß das alles, es ist mir ganz bewusst, trotzdem möchte ich jetzt wieder eine rauchen. Eigentlich auch nicht. Aber irgendwie schon. Und die Tatsache, dass nur ein paar Meter entfernt welche liegen macht mich schon wieder nervös. Ich will nicht und doch will ich. Wird Zeit, dass ich die übrigen in den Keller bringe. Mal sehen ob das gut geht. Sonst werde ich sie doch in den Müll tun. Ich habe keine Lust mehr mich versklaven zu lassen. Die Zeiten in denen ich gerne geraucht habe sind definitiv vorbei. Dazu weiß ich inzwischen zu viel.

Ok, eine zünde ich mir noch an. Dann lege ich mich hin und ab morgen wird hoffentlich alles gut.

4

Ich bin gegen halb drei eingeschlafen und um sechs vom Vogelgezwitscher wieder aufgewacht. Mein Gehirn fühlt sich an als hätte es eine Weile in der Fritteuse gelegen, aber es hat anscheinend entschieden, dass das genug Schlaf war. Nach dem Aufstehen habe ich mir direkt eine angezündet. Ich habe nicht mal darüber nachgedacht. Ich habe sie hier bei mir, den Feind in meinem Haus, also rauche ich. Das ging ganz automatisch. Ich denke, das mit dem Keller lasse ich sein, das wird nicht klappen. Die, die ich jetzt noch da habe, rauche ich noch, dann war's das. So ist der Plan.

Ich habe auch wieder vom Rauchen geträumt. Ich war in einer fremden Stadt, ohne Kippen. Und wusste nicht, wo ich welche herbekommen sollte. Bin ziellos durch die Straßen gestreift, wie ein Streuner, und habe Ausschau gehalten, aber keinen Laden gefunden. Das nehme ich als gutes Zeichen. Mein Unterbewusstsein will auch aufhören und ist im Boot. Jetzt muss ich nur noch gegen das Suchtmonster ankämpfen. Das wird schwer. Aber ich denke, das ist machbar. Irgendwie werde ich das schon schaffen. Der Wille ist da. Und die Stärke auch, das merke ich. Bald wird diese Abhängigkeit der Vergangenheit angehören, das spüre ich.

Wenn ich morgens aufwache habe ich immer irgendein Lied im Kopf. Das höre ich dann so lange, bis ich irgendwo ein anderes aufschnappe. Ich habe immer Musik im Kopf, dabei spiele ich nicht wirklich ein Instrument. Aber ich singe gerne und nicht zu schlecht. Das heutige Lied ist *I swear* von Boys to Men. *I swear, by the moon and the stars in the sky. I'll be there.* Ich weiß nicht, an wen es gerichtet ist. Es gibt keine romantische Liebe in meinem

Leben zum jetzigen Zeitpunkt. Vielleicht ist das versteckter Liebeskummer. Aber ich bin nicht traurig. Ich nehme das Lied einfach nur zur Kenntnis. Mehr nicht. Ich denke mir da nichts bei, das ist einfach ein Zufallstreffer in meiner mentalen Jukebox.

My love won't ache your heart, singen sie. Das wünsche ich mir, dass ich mal eine Liebe erlebe die mir nicht das Herz bricht. Sieben Trennungen habe ich hinter mir, die meisten davon vernichtend schmerzvoll. Ich weiß nicht, wie viele ich noch überstehe. Das Maß ist langsam voll. Beim nächsten Mann werde ich vorsichtiger sein. Nicht nur auf meine Gefühle hören, sondern auch auf meinen Verstand. Mich nicht mehr auf aussichtslose Beziehungen mit Männern einlassen, die noch nicht so weit sind. Oder die Liebe nicht in ihrer Prioritätenliste haben. Und von Arschlöchern lasse ich auch die Finger, davon habe ich, mit einer Quote von zwei aus sieben, gestrichen die Nase voll. Ich möchte jemanden, mit dem ich lachen kann. Der mich geistig stimuliert. Der mit mir offen und ehrlich ist, mich sieht und zu schätzen weiß. Und natürlich jemanden mit dem es im Bett passt. Das sollte doch nicht so schwer zu finden sein, oder? Sind meine Ansprüche zu hoch? Ich glaube eigentlich nicht. Manche Menschen haben Glück, die finden ihr passendes Gegenstück früh im Leben und haben so die Chance, sich einiges aufzubauen – langjährige Beziehung, Kinder, all das. Meine Schwester ist so ein Glückspilz. Das vergisst sie manchmal, glaube ich, und sie vergleicht mich mit sich. Meine Lebensumstände und mein Liebesleben. Ich schneide dabei natürlich schlecht ab. Manchmal denke ich, sie weiß gar nicht wie schwer mein Leben ist. Single zu sein in einer Großstadt ist ziemlich hart. Man ist für alles alleine verantwortlich, kann seine Sorgen und Freuden nicht teilen. Und man ist viel allein. Wenn ich könnte, würde ich mein Leben umkrempeln und mir all das zulegen was man zum Glücklichsein braucht. Aber so einfach ist das nun mal nicht. Klar, ich könnte mir online irgendjemanden suchen und mir was aufbauen. Irgendjemand ist mir aber nicht genug. Bei mir muss es einschlagen wie eine Bombe. Mit weniger kann ich mich einfach nicht zufrieden geben. Ich bin nicht die Sorte Mensch die denkt, wenn man sich gut versteht wird das schon mit der Liebe. Nein. Ich will mich verlieben, mit Haut und Haaren. Sowas zu finden dauert. Und mir geht langsam die Geduld aus. Denn momentan ist da wirklich niemand in Sicht. Ich finde zwar meinen Vermieter ziemlich cool, nett und auch attraktiv, aber dagegen gibt es sicherlich irgendeine Regel. Auch weiß ich nicht, wie ich das zustande bringen soll. Ich kann ihn schlecht einfach um ein Date bitten. Da bin ich sowieso altmodisch. Ich habe zwar kein Problem damit, jemandem zuerst zu sagen, dass ich verliebt bin. Auch wenn das womöglich ein Fehler ist. Aber ich möchte einen Mann, der den Mut hat die Initiative zu ergreifen. Das gehört für mich so. Aber ich glaube von ihm wird nichts kommen. Obwohl die Chemie stimmt, meiner Meinung nach.

Vielleicht ist er vergeben. Einer wie er ist bestimmt vergeben. Es wäre sicher nicht schlau, da Gefühle zu investieren.

Ich bin noch bei Tinder angemeldet und die App sagt mir ab und zu, dass ich viele Likes habe, aber ich hab schon länger nicht mehr reingeschaut. Ich glaube, da finde ich nicht was ich suche. Zu viele Idioten tummeln sich da, die über sich selbst lügen. Ich mag es auch nicht, mich anzupreisen. Und dann das Kennenlernen – viel zu theoretisch und verkopft. Wenn man sich dann trifft, ist man auch meistens enttäuscht. Sicher, es kann klappen. Ich habe Freunde bei denen es geklappt hat. Aber das waren große Glücksfälle. Für mich ist das nichts. Ich bin dafür, dass man sich im Leben gefällt und dann ein wenig Mut aufbringen muss um zusammen zu kommen. Das ist für mich der richtige Weg.

Vielleicht liege ich auch falsch, vielleicht wäre ich ohne diese Einstellung nicht mehr allein. Aber ich habe es versucht, mehrmals. Und habe mich zwei Mal auf jemanden eingelassen. Es war aber nicht das richtige. Der eine war nur ein Arschloch, der sich darüber seine Affären zusammen gesucht hat und der andere, mit dem ich noch befreundet bin, war mir einfach nicht männlich genug. Ein anderes Problem ist, und das liegt allein an mir, dass ich viel zugenommen habe die letzten Jahre, durch Medikamente. Es gibt kaum Fotos von mir in meinem jetzigen Zustand. Schon gar keine Profilfotos. Ich wäre also auch eine Mogelpackung im Moment, das will ich nicht sein. Also lasse ich das lieber. Ich gehe weiterhin mit offenen Augen und offenem Geist durch die Welt. Irgendwas wird sich schon ergeben.

5

Vor zwei Stunden habe ich meine zweite Letzte geraucht, weil meine Packung leer war, und ich könnte die Wände hochgehen. Es ist leichter über Nacht aufzuhören, weil man dann einen kleinen Entzug schon hinter sich hat. Mitten am Tag ist das schwieriger. Eben war ich noch Raucher und von jetzt auf gleich auf einmal nicht mehr. Das ist hart. Aber ich werde mir keine kaufen. Ich ziehe das durch. Das schulde ich mir und allen die mich lieben. Aber wenn noch mal jemand sagt, Rauchen sei keine Sucht, sondern nur eine blöde Angewohnheit, dann flippe ich aus. Es ist eine Sucht. Das weiß ich definitiv.

Um mich über das Schlimmste hinweg zu trösten, habe ich mir eben eine Calzone und Schokolade gegönnt. Essen gegen die Sucht sozusagen, zumindest gegen den Frust der Entbehrung. Ich weiß, so sollte ich das nicht sehen. Ich tue mir gut wenn ich aufhöre. Ich sollte froh sein, dass ich das Teufelszeug nun los bin. Und das bin ich auch. All das Geld das ich sparen werde – davon gönne ich mir Massagen. Ich muss einfach nur durchhalten wenn ich drohe schwach zu werden und die Nerven behalten, wenn die Pferde mit mir durchgehen wollen. Aber im Moment weiß ich nur eins: ich will schlafen. Einfach lange schlafen und geheilt aufwachen. Ohne Verlangen, ohne Schmacht. Entspannt und einfach glücklich.

Aufgewacht bin ich, gegen 13 Uhr. Entspannt und glücklich bin ich nicht, aber es geht mir auch nicht zu schlecht. Das Lied des Tages ist immerhin *Shape of you* von Ed Sheeran, das es immer schafft meine Laune zu heben. Auch wenn ich gerade niemanden habe für den ich es singen könnte.

Es ist inzwischen Nachmittag. Ich habe den Tag lesend verbracht, um mich abzulenken. Das hat funktioniert. Ich habe kaum ans Rauchen gedacht. Eben habe ich mich ein wenig in die Sonne gesetzt und siehe da, sobald ich meinen Kopf nicht anderweitig beschäftige kommen Gedanken ans Rauchen auf. Ich habe keine richtige Schmacht, aber ich vermisse es irgendwie. Was ich genau vermisse? Gute Frage. Nicht das Rauchen an sich, nicht das anzünden, nicht das einatmen des Rauchs – vielleicht ein wenig das auspusten. Aber nein, was ich vermisse ist das Gefühl, dass man direkt nach einer Zigarette hat, das alles gut wird. Dass, egal was passiert, man immer eine Zigarette rauchen und sich erstmal sammeln kann. Dass alles nicht so heiß gegessen wird wie es gekocht wird.

25

Ich weiß noch nicht, was mir stattdessen dieses Gefühl geben kann. Vielleicht Kaffee? Aber zu viel davon und ich kann nicht schlafen, also vielleicht doch lieber was anderes.

Der Gedanke, nie wieder zu rauchen macht mich traurig. Das war so lange ein Teil von mir – immerhin die letzten fünf Jahre. Ich fühle mich in der Tat einer Sache beraubt. Auch wenn es dumm klingt, ein Teil von mir ist tot. Der coole Teil, wie ich das Gefühl habe. Ich fühle mich ein wenig verunsichert, ein bisschen schlapp und es machen sich langsam Kopfschmerzen bemerkbar. Aber zumindest bin ich nicht depressiv. Ich denke nicht an die Vergangenheit, an verflossene Lieben oder misslungene Versuche irgendetwas aus meinem Leben zu machen. Das ist gut. Wenn mir das Rauchen nicht so dermaßen fehlen würde, würde es mir eigentlich ganz gut gehen. Ich hätte mir das schlimmer vorgestellt.

Einer meiner Freunde ist trockener Alkoholiker. Ihm geht es ähnlich, auch er vermisst den Alkohol. Und er sagt sich, wenn er erstmal in Rente ist, dann ist alles egal, dann lässt er es krachen. So könnte ich das auch sehen. Ich muss nur die nächsten 30 Jahre brav sein, dann kann ich alle Gesundheitsgefahren in der Pfeife rauchen. Dann kann ich rauchen so viel und so oft ich will. Dann müsste ich mir keine Gedanken um die Konsequenzen machen. Hach, ich wünschte, die 30 Jahre wären schon rum. Schade, dass man das erleichterte Gefühl nach dem Rauchen nicht auf Rezept bekommt. Aber ich kann stolz auf mich sein. Meinen ersten Entzugstag hab ich gut gemeistert. Ich setze mich gleich auf meinem Balkon ein bisschen in die Sonne und lasse die Seele ein wenig baumeln.

Vor mir steht noch der Aschenbecher mit ein paar Zigarettenstummeln darin. Und da überkommt es mich. Ohne wirklichen Grund überlege ich, sie ganz zuende zu rauchen. Dumm eigentlich. Aber ich will noch mal das Gefühl danach haben. Und die Erleichterung des ersten Zuges. Ich nehme ein paar hoch und überlege, ob ich die noch mal angezündet kriege. Dann werf ich sie zurück, schüttele den Kopf über mich und gehe wieder rein. Ein kurzer Moment der Schwäche, und schon ist er wieder vorbei. Wenn das immer so läuft, kann ich es tatsächlich schaffen.

6

Dass ich heute durchgehalten habe grenzt fast schon an ein Wunder. Mein Lied des Tages war von Johnny Cash. *I hurt myself today, to see if I still bleed.* Unter dem Motto stand dann auch mein Tag. Ok, ich habe mich nicht selbst verletzt, aber die Stimmung dazu hatte ich. Ich hab wieder bis eins geschlafen, dann etwas gelesen und dann hab ich mich raus in die Welt begeben, für einen kurzen Ausflug in die Bibliothek. Gegessen habe ich nichts, ich war noch gestärkt von meinem nächtlichen Imbiss – einer ganzen Tafel Schokolade, die ich mir um drei im Halbschlaf reingezwitschert habe. Das Wetter war schön – warm und sonnig. Aber irgendwie konnte ich mich daran nicht erfreuen. In mir hat es gebrodelt. So ein Gefühl von totalem inneren Aufruhr und dem Verlangen nach etwas. Auf der anderen Seite ein Gefühl der Lähmung.

Ich wünschte ich könnte sagen es wäre heute leicht gewesen nicht zu rauchen, aber das war es nicht, ganz und gar nicht. Das Brodeln hat sich im Laufe des Nachmittags in eine ausgewachsene Panikattacke verwandelt. Ein Zustand, den ich schon kenne. Der mich immer wieder platt macht und herausfordert. Denn ich weiß nie, wie lange das anhält und wann ich mich endlich beruhigen kann. Und Inhalt dieser Attacke war der Wunsch eine zu rauchen, der sich gegen meine Vernunft gestellt hat. Natürlich wollte ich keine kaufen gehen. Ich habe immerhin zwei Tage Entzug hinter mir, das soll doch nicht umsonst gewesen sein. Andererseits wollte ich so unbedingt welche haben, dass es mich fast wahnsinnig gemacht hat. Und die Angst davor, doch welche kaufen zu gehen hat es fast unmöglich gemacht, mich endlich zu beruhigen. Jetzt, vier Stunden später, bin ich wieder entspannt. Aber rauchen will ich immer noch gerne. Jetzt kann ich den Wunsch aber immerhin kontrollieren. Ich werde nicht, wie es in der Vergangenheit öfters vorgekommen ist, wie ferngesteuert zum Kiosk gehen und welche kaufen. Ich hab das im Griff. Auch wenn ich, in meiner tiefen Verzweiflung die Warterei während der Panik zu überbrücken die letzten Stummel aus dem Aschenbecher aufgeraucht habe. Genau das, was ich mir gestern Abend noch verkneifen konnte, habe ich getan. Ich schäme mich ein wenig. Ich war einfach nicht stark genug. Aber immerhin habe ich die Hemmschwelle zum Zigarettenkauf nicht überschritten. Und darauf kann ich, besonders im Hinblick auf die Panik, sehr stolz sein. Ich hab heute Durchhaltevermögen noch und nöcher bewiesen. Wenn ich einen hätte, würde ich mir dafür einen Preis verleihen.

7

Letzte Nacht hab ich wieder Schokolade gefuttert. Das ging am ersten Tag in Ordnung, vielleicht auch am zweiten, für die Nerven. Aber so kann das nicht weitergehen. Ich will abnehmen, nicht noch dicker werden. Ich wiege momentan 83 Kilo, bei einer Körpergröße von 1,64 – das ist schon adipös. Sehr erschreckend dieses Wort. Davon will ich unbedingt runter kommen. Also, von jetzt an wird keine Schokolade mehr gekauft!

Ich hab ganz gut geschlafen und bin ganz happy aufgewacht. Mein Lied heute ist von Rosenstolz. Ich kenne den Titel nicht. Aber sie singt *Ich bin hier, ich bin jetzt, ich bin ich. Das allein ist meine Schuld.* Auch wenn es mir ganz gut geht, kann ich da nicht einstimmen. Warum schwirrt mir ausgerechnet dieses Lied im Kopf rum, wo ich gerade gar nicht weiß wer oder was ich bin. Kein Raucher mehr, aber noch nicht wirklich Nichtraucher. Auf jeden Fall Mensch, aber ein wenig defekt. Will mit der Welt verschmelzen, aber auch einfach in meinem Versteck bleiben, wo man mich nicht verurteilt. Ich will leben, aber auch irgendwie auf Pause drücken. Bis ich wieder repräsentabel bin. Bis ich mir wieder gefalle, ich wieder ich bin, außen und innen.

Ich liege in meinem Bett und starre Löcher in die Decke. Ich habe keine Motivation irgendetwas zu machen. Fühle mich leer. Das Wetter ist wieder schön, aber ich habe kein Ziel. Wo sollte ich hin? Und ziellos rumlaufen macht mir keinen Spaß. Ich könnte mich mal wieder verabreden. Aber ich bin so unzufrieden mit mir, ich möchte das im Moment nicht. Auch wenn es meine Freunde nicht stört, dass ich dick bin. Oder dass ich rauche. Vor einer Weile hat es mich selbst auch nicht gestört. Ich hab das locker genommen. Aber inzwischen bin ich mir dessen so bewusst, dass ich mich dafür schäme. Keine Ahnung, was das herbei geführt hat, aber es ist so. Ich möchte meinen Idealzustand still und heimlich wiederherstellen und dann alle überraschen.

Lange Jahre meines Erwachsenenlebens habe ich 52 Kilo gewogen. Das ist mein Wohlfühlgewicht, da will ich wieder hin. Keine Ahnung ob das realistisch ist.

Ich bin über jedes verlorene Kilo glücklich.

Nur als Teenager war ich mollig, denn ich habe früh mit Diäten angefangen und das ist ja bekanntlich der Beginn allen Übels. Der Grund war meine früh einsetzende Pubertät. Schon mit 9 fing mein Busen an zu wachsen, mit 11 kamen dann Periode und weibliche Rundungen. Ich habe es gehasst, meinen Busen immer plattgequetscht unter zu engen Unterhemden.

Da ich die erste in der Klasse war, wussten die anderen nichts damit anzufangen und meinten einfach nur, ich würde langsam dick werden. Das konnte ich natürlich nicht auf mir sitzen lassen. Also machte ich meine erste Diät – einen Monat lang aß ich nur Obst. Das hat auf der Waage nichts verändert, also kaufte ich mir von meinem mühsam angesparten Taschengeld eine Packung Slim Fast – für damals 40 Mark. Das brachte ebenfalls nichts und schmeckte auch noch widerlich. Also fing ich aus Frust an zu futtern. Und das zog ich durch bis ich 14 war – unregelmäßig und ungesund essen. Dann war ich so füllig, dass ich gehänselt wurde. Meine Teenagerjahre verbrachte ich in der Sicherheit unseres Wohnzimmers, mit meinen besten Freunden – Essen und TV.

Scheiße, wenn ich was mein Gewicht betrifft irgendwas reißen will, muss ich aktiver werden. Im Bett liegend hat noch niemand abgenommen. Ich werde jetzt Sport machen. Vor ein paar Tagen habe ich mir eine Fitness-DVD gekauft. Auf geht's! Das muss jetzt sein.

Eine halbe Stunde habe ich durchgehalten, dann aufgegeben. Nicht weil ich ko war, sondern weil es absolut langweilig war. Ich muss etwas anderes finden. Etwas, das mich herausfordert. Vielleicht Joggen. Joggen und Schwimmen im Wechsel vielleicht. Das sollte meinen Motor zum Laufen bringen. Große Pläne, ich weiß. Ob ich es schaffe das durchzuziehen sei noch dahingestellt. Aber wenn ich scheitere, dann am Versuch, nicht ohne ihn.

8

Letzte Nacht hab ich wieder vom Rauchen geträumt. Dieses Mal war ich in einer Art Schullandheim – kein Laden weit und breit. Und ich saß auf dem Trockenen. Eine der anderen Anwesenden versprach mir, mir Zigaretten zu bringen, aber sie kam nicht wieder. Außer ihr war ich allein auf weiter Flur und hatte keine andere Möglichkeit. Also wartete und wartete ich, Über das Warten bin ich aufgewacht. Ziemlich dumm, seinen Abend auf Zigaretten wartend zu verbringen, oder? Jedenfalls bin ich im Traum rauchfrei geblieben. Hoffentlich ein gutes Omen für den heutigen Tag. Denn in der Tat, ich würde jetzt gerne eine rauchen. Eine schöne Menthol-Zigarette. Das wäre fein. Aber Nein. Es wäre doch auch sehr dumm.

Ok, ich bin offiziell dumm. Nach drei gut durchgestandenen Tagen bin ich während einer Panikattacke wieder schwach geworden. Die habe ich in letzter Zeit häufiger – wenn mich etwas aufbringt, oder ich einfach nur Zukunftsangst kriege, versetzt sich mein Gehirn in einen anderen Zustand. Ich habe alle üblichen Anzeichen einer Panik, aber auch Kopfkino. Es fühlt sich an wie ein schlechter Trip. Und mein Wille aufzuhören wurde dadurch einfach platt gemacht. Ich habe mir also wieder eine Packung gekauft. Die erste geraucht, was wie eine Offenbarung war. Ich habe sie wirklich genossen. Dann noch drei weitere, wobei ich sagen muss, dass ich die vierte schon wieder ziemlich ekelhaft fand.

Dass ich während einer Attacke rauche hat sich die letzten Jahre so eingespielt – es hilft mir, die Zeit tot zu schlagen bis die Bedarfsmedikation anschlägt. Das kann schon mal bis zu sieben Stunden gehen. Und weil ich mich in dem Zustand auf nichts konzentrieren kann und nichts mit mir anzufangen weiß, greife ich zum Glimmstängel. Und ich habe keine Ahnung, wie ich das umgehen kann. Das rauchen bringt mich dann auch ein bisschen runter, was gut ist. Ohne das ist es deutlich schwerer – das bilde ich mir zumindest ein.

Ich habe also diese Vier geraucht, während einer dreistündigen Panik – könnte schlimmer sein. Und den Rest habe ich jetzt runter in den Keller gebracht. Ich will auf keinen Fall wieder in die Sucht kommen. Die neue Regel lautet jetzt also: Während einer Panikattacke ist rauchen erlaubt. Aber nur so lange wie ich es brauche. Sobald das überstanden ist, wandern die Kippen wieder in den Keller. Und da bleiben sie auch.

Was das Entzugsmäßig für meinen Körper bedeutet weiß ich nicht. Ich denke es ist nicht so schlimm alle paar Tage ein paar zu rauchen, wenn ich es ansonsten im Griff habe. Ganz ohne wäre besser, ganz klar. Aber solange ich nicht wieder eine Packung pro

Tag kille ist es auf jeden Fall schon mal eine Verbesserung. Ich muss kleine Brötchen backen und darf nicht zu viel von mir verlangen. Auch wenn ich es nie schaffe ganz davon los zu kommen, in kleineren Dosen ist es ja schon mal weniger verheerend. Allerdings bin ich noch nicht von meiner Karriere als Gelegenheitsraucher überzeugt. Das stresst den Körper sicher auch ungemein. Und ich weiß nicht, ob ich das durchhalte. Ich sagte es schon, ich bin ein Ganz-oder-gar-nicht-Mensch. Aber anders weiß ich mir in dieser Klemme nicht zu helfen. Panikattacken sind der Ausnahmezustand, der hoffentlich nicht, wie die letzten Monate, jeden Tag vorkommt. Mit ein-/zwei Mal die Woche kann ich leben. Und meine Lunge auch. Mehr sollte es nicht sein. Aber es gibt leider nichts, was ich dagegen tun kann. Ich bin dem völlig und in jeder Situation ausgeliefert. Also sind alle Pläne die ich in die Richtung mache nichtig. Ich muss einfach abwarten und sehen was passiert.

9

Jetzt hab ich den Salat. Und ich hab ihn mir auch noch selbst eingebrockt. Wer den Abend ungesund anbricht, lässt ihn selten gesund ausklingen. Die Zigaretten in meinem Keller waren einfach zu verführerisch. Also ja, ich bin noch ein paar Mal runter gegangen und habe mir eine geholt. Und ich habe sie nicht mehr genossen. Es war wieder das Abhängigkeitsgefühl, das ich nur allzu gut kenne. Ich habe mich über mich geärgert. So sehr, dass ich die ganze Nacht kein Auge zu getan habe. Es ist jetzt fünf Uhr morgens und ich habe keine Sekunde geschlafen. Ich war auch gar nicht müde, muss ich dazu sagen. Eher ein wenig aufgekratzt. Warum weiß ich nicht. Vielleicht die Wirkung des Nikotins. Um drei habe ich mich aufgemacht in die Stadt, zum einzigen McDonald's dass die ganze Nacht auf hat, weil ich einen Milchshake wollte. Hatten sie nicht. Völlige pleite. Also hab ich Pommes bestellt, was natürlich wunderbar in meinen Diätplan passt. Ok, der Milchshake wäre auch nicht optimal, aber den hätte ich wenigstens richtig gewollt. Es wäre die Sünde wert gewesen.

Nun sitze ich hier, mit meinem fiktiven Salat und weiß nichts mit mir anzufangen. Die Sonne geht langsam auf. Ich glaube, wenn ich ein wenig Sport mache und mich auspowere, könnte das mit dem Schlafen noch was werden. Ich werde joggen gehen. Um die Zeit sieht mich zumindest auch niemand. Was bei meinen kläglichen Anfängerversuchen einfach das Beste ist.

Ok, die Sache ist gebongt, ich mach das jetzt.

Fehlanzeige. Ich war 20 Minuten joggen – immerhin – und habe das mit dem Schlafen noch mal probiert. Aber es will einfach nicht klappen. Dann wird das heute wohl ein anstrengender Tag. Zum Glück habe ich nichts vor. Vielleicht klappt es ja mit einem Mittagsschlaf. Eine Sache wird aber auf jeden Fall klappen – der Verzicht aufs Rauchen. Ich will nicht wieder zurück zu der Frau, die sich jede Stunde eine anzündet. Diese Zeiten sind endgültig vorbei, auch wenn ich mir für die Panikattacken einen Freifahrtschein gegeben habe. Die Kippen bleiben im Keller bis es wieder soweit ist. Das steht fest.

Heute habe ich kein Lied im Kopf, was ein wenig traurig ist. So weiß ich gar nicht wie ich mich fühle, was in meinem Unterbewusstsein los ist. Aber ohne Schlaf kein Lied. So ist das nun mal. Hätte ich besser nicht geraucht. Ich schiebe jetzt einfach alles darauf.

Ich habe letztendlich doch zumindest noch fünf Stunden geschlafen. Immerhin. Nach dem Aufstehen hab ich mich matschig gefühlt. Ich weiß nicht, ob das der erneute Entzug war oder einfach der Schlafmangel. Auf jeden Fall habe ich mich auf den Weg ins Einkaufszentrum gemacht um mir einen Bagel zu holen. Hatten sie nicht mehr. Naja, ich hab wenigstens versucht gesund zu sein. Dann hat es mich zum Wurstbasar gezogen. In dem Buch das ich gerade gelesen habe, haben sie andauernd Currywurst mit Pommes gegessen. Nach der durchgemachten Nacht brauchte ich etwas Deftiges, also habe ich da zugeschlagen. Und danach brauchte ich natürlich eine Kippe. Die Versuchung war einfach zu groß und die Hemmschwelle zu klein.

Ich weiß, ich drehe mich hier im Kreis. Ich erreiche meine Ziele nicht mal annähernd. Aber ich habe vor das zu ändern. Die nächsten paar Tage werde ich so essen als hätte ich ein Magenband – kleine, gesunde Portionen Obst und Joghurt. So lautet der Plan. Ob ich das schaffe, keine Ahnung. Aber ich habe es vor. Und heute keine mehr rauchen, es sei denn ich schiebe Panik. Das wünsche ich mir fast schon, obwohl es wirklich kein schöner Zustand ist. Aber das Suchtmonster ist wieder zum Leben erwacht und fordert seine Befriedigung ein.

Ich muss mir wirklich überlegen, ob das Rauchen während der Panik tatsächlich ok ist, oder ob das nur alles schlimmer macht. Auf jeden Fall, nach dem Essen und dem Rauchen geht es mir jetzt gut. Bis auf das schlechte Gewissen. So direkt nach dem Rauchen denke ich auch immer: Ich brauche das nicht, ich schaffe das jetzt ohne. Bis dann wieder der Entzug einsetzt. Aber ich habe wirklich vor, hart zu bleiben heute und dem nicht nachzugeben. Der Wille ist da, aber die Kraft fehlt mir irgendwie zur Willenskraft. Woher nehmen, wenn nicht stehlen? Ich muss sie einfach aufbringen. Für meine Gesundheit. Und auch, weil ich es satt habe mich im Kreis zu drehen. Ich muss einen Weg raus finden aus diesem Teufelskreis. Und der Weg heißt: Stärke.

Bisher hat mir unsinnigerweise das Rauchen Stärke gegeben. Jetzt muss ich aus dem bisher durchgehaltenen Nichtrauchen meine Kräfte ziehen. Ich kann stolz auf jeden rauchfreien Tag sein und von denen gab es in den letzten Tagen ja zumindest ein paar. Das muss mich antreiben, nicht die Sucht.

10

Gestern habe ich noch drei geraucht. Ich bin früh ins Bett gegangen um schlimmeres zu vermeiden. Jetzt, nach 12 Stunden Schlaf, geht es mir trotzdem nicht gut. Ich bin ausgeschlafen, das stimmt. Aber ich fühle mich wie gerädert, lustlos, leer. Das kommt vom Rauchen, da bin ich mir sicher. Ohne das würde es mir besser gehen. Dennoch, heute früh habe ich die restlichen Zigaretten aus dem Keller hoch geholt. Ich habe nicht mal Lust zu rauchen, es fühlt sich irgendwie an wie eine Pflicht. Die Sucht verlangt es, aber ich will es nicht mehr. Und ich habe so die Nase voll davon, immer noch damit zu tun zu haben. Vor einer Woche war ich sicher, dass ich es endlich schaffen werde und doch sitze ich wieder hier und zerbreche mir darüber den Kopf. Das muss endlich aufhören.

Warum kriege ich das nicht gebacken? Ich gebe den Panikattacken die Hauptschuld. Sie verstärken Bedürfnisse,

Wünsche, Ängste, Befürchtungen. Aber was das Rauchen angeht verstärken sie einfach die Sehnsucht nach etwas das ich gut kenne, das mir das Gefühl gibt stark zu sein. Etwas, das mich cooler macht. Das ist alles ein Trugschluss, ich weiß. Aber in den Momenten fühlt es sich an als gäbe es keinen anderen Ausweg als zu rauchen. Wenn ich es dann zulasse fühle ich mich befreit, gelassener. Dann ist das alles nicht mehr so schlimm.

Ich muss dringend einen Ersatz dafür finden. Ich werde wieder einen Versuch machen aufzuhören. Und dann brauche ich etwas, dass mich durch die Panikattacke trägt. Etwas verlässliches, das mich beruhigt – abgesehen von den Beruhigungsmitteln, die nicht immer zuverlässig sind.

Ich rauche also jetzt, ohne große Lust, noch die Packung zuende und dann ist Schluss. Für immer. Ich kann gar nicht in Worte fassen, wie sehr ich das will.

Zur Zeit lese ich ein Buch über eine 37-Jährige, die sich spontan entschlossen hat, ihr ganzes Erspartes in eine Weltreise zu investieren. Ein ziemlich cooles Buch. Mein Gott, ich würde alles geben um es ihr gleich zu tun. Ich reise für mein Leben gerne, aber ich bin so pleite, dass es dafür nicht reicht. Im Grunde habe ich meine Weltreise aber schon hinter mir – ich war auf allen Kontinenten, außer Südamerika. Und es war großartig. Man lernt so viel über die Welt und über sich selbst. Ich kann das nur jedem empfehlen, der irgendwie die Möglichkeit dazu hat. Die Arbeitslosigkeit lässt nicht viel Spielraum für große Ausgaben, aber ich spare auf eine Reise nach New York, eines meiner Lieblingsziele. Mein absoluter Lieblings-Comedien tourt nur durch die USA. Mein Traum ist es, ihn dort live zu sehen. Wenn ich es schaffe, mein Geld nicht mehr fürs Rauchen zu verpulvern, rückt dieser Traum auf jeden Fall in den Bereich des Möglichen. Also ein Grund mehr aufzuhören.

Eben habe ich meine dritte Letzte geraucht. Aller guten Dinge sind drei, oder? Ich hoffe es!

11

Am nächsten Morgen bin ich mir nicht sicher wie ich mich fühle. Ich hab lange geschlafen – bis 15 Uhr, weil ich die Nacht wieder nicht zur Ruhe gekommen bin. Ich war irgendwie euphorisch und glücklich, so sehr, dass es mich wach gehalten hat, weil ich weiß, dass ich es jetzt endlich schaffe. Alles wird gut, ich werde mit dem Rauchen aufhören und abnehmen, einen Job finden und einen Mann. Das Leben birgt für mich noch viele Überraschungen; es ist so vieles offen und unentschieden – das ist spannend. Kann auch belastend sein, aber ich entscheide mich für spannend. Heute nach dem Aufwachen sah das wieder ein wenig anders aus. Da habe ich mich über die Ungerechtigkeit des Lebens geärgert. Weil zwar alles spannend und offen ist, aber das muss ja nicht heißen, dass auch was Gutes passiert. Vielleicht wirft das Leben einfach weiter Dreck nach mir und ich muss versuchen mich zu ducken.

Der Grund für meine miese Laune, die ganz stark den Wunsch nach einer Zigarette hervorruft, ist eine Nachricht von einer Freundin. Sie hat einfach mehr Glück als irgendwer verdient. Sie hat einen Job, hatte einen tollen Mann, jahrelang, bis sie sich letztens trennten. Aber sie hat schon wieder jemand Neues und ist richtig glücklich. Ich gönne ihr das und freue mich für sie. Aber das Leben ist manchmal einfach nicht fair. Warum kann ich das nicht auch haben? Oder wenigstens einen Bruchteil davon. Ok, vielleicht müsste ich etwas mehr dafür tun. Die Leute, die glauben, man hat sein Glück in der Hand, würden sagen, ich sollte endlich meinen Hintern hochkriegen und mehr aus meinem Leben machen. Vielleicht haben sie Recht. Ich werde das angehen. Ich wünschte nur, ich müsste nicht mehr warten und hätte bereits all das was ich mir wünsche. Andererseits mag ich es, dass noch alles offen ist. Das widerspricht sich vielleicht, aber es ist so. Bei mir kann noch viel Aufregendes passieren. Aber eben nur, wenn ich endlich in die Gänge komme. Das Lied, das mir heute im Kopf rumschwirrt ist *Rocket Man* von Elton John. Das passt. Zeit, zu neuen Ufern aufzubrechen und alle Altlasten hinter mir zu lassen. Abheben, fliegen. Nicht am Boden rumkrepeln und immer fetter werden, zu schwer um hochzukommen. In diesem Sinne habe ich mir eine 20 Tage-Challenge auferlegt. 20 Tage, also bis Ende diesen Monats, täglich nur 1000 kcal zu mir nehmen. Dazu jeden Tag ein wenig Sport. Wenn ich das durchhalte bin ich am Ende wenigstens nicht mehr adipös, sondern nur noch übergewichtig. Das ist vorerst das Ziel.

Wie gesagt fällt es mir heute ein bisschen schwer nicht zu rauchen, aus Frust. Aber ich werde mir das nicht erlauben. Ich gucke immer auf die Packung mit dem Mann, der eine offene Wunde nach einer Lungenoperation hat. Das sieht wirklich gruselig aus. Was mich auch enorm abschreckt ist eine Werbung, die vor Ewigkeiten im Fernsehen lief, für mich aber immer noch aktuell ist. Eine attraktive Frau sitzt in einer Bar. Ein Mann kommt dazu und spricht sie an. Dann kommt es, sie hatte Kehlkopfkrebs und braucht zum Sprechen ein Gerät, dass sie gegen eine offene Stelle im Hals presst. Der absolute Super-Gau für mich. Das wäre wirklich das Schlimmste was ich mir vorstellen kann. Sehr abschreckend. Wenn da nicht das Prinzip der Verdrängung wäre, was bei mir ausgezeichnet funktioniert hat. Aber das lasse ich nicht mehr zu. Ich mache mir all die negativen Seiten des Rauchens bewusst. Den Energieverlust, den man als Raucher durchmacht, das Gefühl der Schlappheit, weil das Rauchen den Muskeln und Organen Sauerstoff raubt und uns träge macht. Der Trugschluss, dass Rauchen beruhigt. Das Gegenteil ist der Fall, es macht uns nur nervöser, denn wir pumpen Nervengift in uns hinein. Der Irrtum, Zigaretten gäben uns Selbstbewusstsein – sie zerstören es, nur wenn wir eine Rauchen wird der Zustand wiederhergestellt, den Nichtraucher die ganze Zeit erfahren. Wir missbrauchen unseren Körper, werden fauler, öffnen anderem Negativverhalten die Tür – wir trinken, essen mehr als wir sollten. Und für all das zahlen wir auch noch einen hohen Preis.

Es ist so traurig, dass täglich neue Menschen in diesen Negativkreislauf eintreten und so viele darin gefangen sind. Ich hoffe für mich, dass ich jetzt endlich gelernt habe und das hinter mir lassen kann. Ich weiß, der Wunsch zu rauchen wird mich hin und wieder ereilen, aber ich werde ihn niederdenken. Ich mache das nicht mehr mit. Auch wenn der Entzug hart wird. Die Sucht darf diesen Kampf einfach nicht gewinnen.

12

Ich habe ausgeschlafen und schon zwei Kaffee getrunken, aber ich komme einfach nicht in Gang. Keine Lust zu duschen oder Zähne zu putzen. Ich bin depressiv. Und ich weiß, eine Zigarette würde das verscheuchen, aber ich weiß auch, dass das in ein paar Wochen überstanden ist. Ich muss nur durchhalten. Auch wenn es unerträglich ist.

Heute ist Muttertag. Als ich mich mit meiner Mutter und ihrem Freund verabredet habe, wusste ich nicht, dass das auf diesen Tag fällt. Also war ich eben schnell beim Kiosk, ein paar Pralinen besorgen. Ich kann nicht sagen, dass dieses Treffen mich sehr aufheitern wird; das wird es nicht, das weiß ich schon. Obwohl ich die beiden lieb habe, ist es so wie es oft mit der Familie ist – man hat sich nicht viel zu sagen, weil man sehr verschieden ist. Das endet dann oft in Smalltalk, den ich hasse wie die Pest. Das wird hart werden und danach werde ich rauchen wollen. Aus Frust. Ich könnte mir jetzt schon eine anzünden, bei der reinen Aussicht darauf. Ich fühle mich so leer, so beschissen. Ich will, dass das weggeht. Ich will rauchen. Da bin nur ich mit meinem Wunsch. Niemand der dagegenhält. Keine Stimme von außen, die mich davon abhält. Es ist gerade richtig gefährlich für den Nichtraucher in mir. Was, wenn ich nur noch eine Packung rauche und dann richtig durchstarte? Nur noch ein paar Tage lang die psychologische Stütze auskosten, die mir die Zigaretten sind... Das wird nichts, sagt die Stimme der Vernunft, die plötzlich aufwacht. Außerdem habe ich dann gestern völlig umsonst gelitten.

Ich bin leidensfähig. Ich kann das durchstehen. Ich weiß gerade bloß nicht wie. Aber ich werde alles versuchen, um mich davon abzuhalten mir Zigaretten zu kaufen. Auch wenn ich denke, dass die Kippen mein Leiden lindern würden, so sind sie doch erst verantwortlich dafür, dass es mir schlecht geht. In Wirklichkeit erzeugen sie das Leeregefühl ja erst, das sie dann beseitigen. Das was ich jetzt durchmache ist nur der Nikotinentzug, das geht vorbei. Das muss ich mir nur immer wieder sagen. Bis die nikotinsüchtige Bestie in meinem Kopf endgültig ausgehungert ist und mich in Ruhe lässt. Sie will, dass ich mir Gift in den Körper pumpe, aber da mache ich nicht mehr mit! Egal wie hart dieser Tag wird.

Allen Carr wäre stolz auf mich.

Das Treffen war eigentlich ganz nett. Leckeres Essen und ein gutes Gespräch – nicht so oberflächlich wie befürchtet. Trotzdem bin ich ein wenig down. Ich habe erfahren, dass meine jüngste Cousine Nachwuchs erwartet. Somit haben jetzt alle Verwandten in meinem Alter Kinder – außer mir. Ich gönne es ihnen, aber es frustriert mich, weil ich das einfach noch nicht gebacken bekommen habe, obwohl es für mich schon fast zu spät ist. Und was will ich machen wenn ich Frust schiebe? Natürlich rauchen. Auch wenn das an den Tatsachen nichts ändert. Aber ich fühle mich wie ein Loser. Kein Job, keine gute Figur, kein Partner und erst recht keine Kinder. Das ist unfair. Wenigstens eines der Dinge hätte ich doch ganz gerne. Das würde es sicher leichter machen mit dem Rauchen aufzuhören. Ich habe dafür nicht die optimalen Bedingungen. Ein wenig Glück in einem der Bereiche und ich würde vielleicht nicht diese ungemeine Sehnsucht empfinden, anstatt froh zu sein, dass ich mich nicht mehr auf Raten umbringe. Dann würde Allen Carrs Methode vielleicht funktionieren und ich würde sagen: Ja! Endlich muss ich nicht mehr rauchen. Aber so ist es nicht. Es ist hart. Und das wird es bleiben. Ich muss einfach härter sein. Das ist eines der wenigen Dinge die ich kontrollieren kann. Und das sollte ich auch. Meine Familie weiß jetzt, dass ich aufhören will. Das übt einen gewissen Druck aus. Und das ist gut so, denke ich. Sie sind die Stimme in meinem Ohr, die mir sagt: Lass es sein. Das brauche ich. Ohne die wird es nicht klappen. Und wenn ich nicht selbst diese Stimme sein kann, weil ich mir etwas anderes wünsche, muss sie von außen kommen. Nur leider ist meine Familie nicht immer bei mir.

Manchmal wünschte ich, ich hätte einen Sponsor, so wie Alkoholabhängige. Jemanden, den ich anrufen kann wenn es hart ist. Aber das gibt es für Raucher nicht, soweit ich weiß. Schade eigentlich. Meinen Freunden will ich das nicht aufbürden, die haben alle Familie und damit genug zu tun. Und meine Mutter ist so ein militanter Nichtraucher, dass es ihr schwer fällt überhaupt zu wissen, dass ich jemals geraucht habe. Mit ihr kann ich schlecht über das Thema reden, es bringt sie zu sehr auf. Auch wenn sie das nicht sagt. Das muss sie auch nicht, das spüre ich. Also bleibt mir nichts anderes übrig, als es alleine zu schaffen. Trotz der Lebenslage in der ich mich befinde, trotz extremer Frustgefühle. Ob ich es schaffen werde weiß ich nicht. Ich kann im Moment nicht ausschließen, dass ich jemals wieder rauche. Ich halte es sogar für wahrscheinlich. Aber daran will ich im Moment nicht denken. Ich nehme einfach jeden Tag so wie er kommt – einen Tag nach dem anderen. Und gebe mein Bestes. Mehr kann ich nicht tun. Und versprechen kann ich schon gar nichts.

13

Ich schäme mich so. Ich weiß nicht wie das passieren konnte. Aber vor zwei Stunden bin ich wie im Autopilot zum Kiosk gegangen und habe mir eine Packung gekauft. Das war gar nicht wirklich ich, das war das Suchtmonster. Es hat die Kontrolle übernommen und all meine Vernunft in den Wind geschossen. Nun habe ich inzwischen vier geraucht und es geht mir mies. Ich weiß, ich habe all die guten Gedanken übers Aufhören gehabt. All die vernünftigen Argumente dafür. Doch die sind wie weggeblasen. Warum passiert mir das immer wieder? Was mache ich falsch? Vielleicht überlege ich nicht lange genug, bevor ich wieder welche besorge. Vielleicht ist die Hemmschwelle einfach noch zu gering. Vielleicht bin ich einfach strohdumm, etwas zu tun, was so schlecht für mich ist, auf so vielen Ebenen, wider jeden besseren Wissens. Vielleicht bin ich auch einfach noch nicht so weit. Obwohl ich es gerne wäre. Es liegt an der Willens-Methode, wie Allen Carr es nennt, die seiner Erfahrung nach schon oft scheitert. Ich will, aber ich kann nicht. Vielleicht muss ich es einfach stärker wollen, mehr versuchen, mich besser in den Griff kriegen. Vielleicht sollte ich mir Strafen ausdenken. Aber mir fallen keine ein. Mein Leben ist auch so schon hart genug. Wenn ich glücklich wäre würde mir das sicherlich leichter fallen. Aber das bin ich nicht.

Rauche ich, weil ich unglücklich bin oder bin ich unglücklich weil ich rauche. Das ist die große Frage. Aber um eine Antwort zu finden muss ich mal länger durchhalten. Ich schaffe es gerade mal ein paar Tage am Stück – die ersten, schlimmen Tage, in denen es einem allein durch den Entzug schlecht geht. Ich gebe mir gar nicht die Chance herauszufinden wie es mir ohne die Kippen gehen würde. Wenn ich es zumindest mal eine Woche durchhalten würde, dann hätte ich vielleicht Anhaltspunkte. Könnte sagen, wo das Problem liegt. Könnte über den Entzug wegkommen und zusehen, wie es langsam bergauf geht. Das würde es bestimmt, davon bin ich fest überzeugt. Doch wie halte ich es so lange aus? Was objektiv gar nicht lange ist. Dass ich es als lange empfinde zeigt mir schon wieder, dass ich noch kein Stück so weit bin. Was ist eine Woche? Nichts. Das ist zu schaffen. Danach wäre die Rückfallgefahr bestimmt auch gar nicht mehr so groß.

Ich weiß nicht, wie ich es schaffen kann. Aber ich weiß, ich werde es wieder versuchen. So lange, bis es endlich klappt. Und vor dem nächsten Zigarettenkauf werde ich lange und gründlich die Vor-und Nachteile bedenken und mich dann hoffentlich richtig entscheiden.

14

So wird das nichts. Wenn ich mir etwas verbiete, will ich es nur noch mehr. Ich mache das jetzt anders. Die Packung ist leer, aber meine Einstellung ist eine andere. Ich habe nicht meine Letzte geraucht, sondern einfach irgendeine – mir übrigens nicht schmeckende – Zigarette. Die Kippen sind jetzt weg und ich habe erstmal nicht vor mir neue zu kaufen. Die letzten habe ich nur widerwillig geraucht, daran werde ich mich hoffentlich erinnern, wenn mich wieder der Drang überkommt. Und das könnte passieren; ich verbiete mir nichts. Ich entscheide nur, ich will in diesem Moment, heute, jetzt, hier nicht rauchen. Alles Weitere bleibt offen. Ich kann nichts versprechen. Aber ich muss sagen, es geht mir gut. Heute bin ich früh aufgewacht, habe mir einen Kaffee gemacht und habe gute Laune. Die Zeiten, in denen ich bis in den Nachmittag hinein geschlafen habe und dann total fertig aufgewacht bin, enttäuscht, dass ich nicht rauchen darf, sind hoffentlich vorbei. Ich habe ein paar Bewerbungen geschrieben – u.a. als pädagogische Hilfskraft an einer Grundschule, was hoffentlich klappt – und jetzt freue ich mich auf das Buch, dass ich gleich weiterlesen werde.

Das Wetter ist mies, deshalb bin ich nicht joggen gegangen, aber hoffentlich morgen. Mit meiner Diät läuft es auch einigermaßen gut. Nicht perfekt, ich hab manchmal meine Gelüste und denke mir, dass der Körper das was er fordert auch irgendwie braucht. Aber ich bin zumindest die meisten Tage unter meinem Energieverbrauch – also esse weniger als ich verbrenne. Wiegen werde ich mich erst in ein paar Wochen wieder, meine Waage ist kaputt, ich muss das also auswärts erledigen. Und will das erst machen, wenn ich eindeutige Ergebnisse vermute.

Noch vermisse ich das Rauchen nicht. Die letzten die ich gekauft habe waren reguläre Zigaretten, keine Menthol. Die schmecken wirklich nicht besonders. Von denen sollte mir die Abgewöhnung leichter fallen. Sollte mich noch mal irgendwas zum rauchen treiben, werde ich wieder diese kaufen. Die sollten mir das Aufhören um einiges erleichtern. Ich hoffe jedoch, dass das nicht nötig sein wird. Im Moment fühle ich mich stark, auch willensstark. Ich hoffe, das bleibt so.

15

Ich habe tatsächlich in den letzten zwei Tagen keine neue Packung gekauft. Und es geht mir gut damit. Was ich zugeben muss, und das ist ein wenig peinlich – ich habe während einer Panikattacke die Stummel wieder angezündet und jeweils einen letzten Zug herausgeschlagen. Das ist sowohl ekelig als auch peinlich. Aber zumindest habe ich mir keine gekauft. Ich bin tapfer und standhaft geblieben, denn die Stummelaktion war nicht gerade befriedigend und hat den Wunsch nach Zigaretten nur verschlimmert. Aber mein Durchhalten wurde belohnt. Und nach der Panik war das Bedürfnis verflogen.

Im Moment ersetze ich die Kippen durch Essen und Kaffee. Ich wünschte es wäre nur der Kaffee, denn das Gewicht muss runter. Aber vielleicht ist es nur die ersten Tage so schlimm. Ich habe von vielen Leuten gehört, die meinten, dass sie, nachdem sich der Körper wieder eingegroovt hat, nach dem Rauchen abgenommen haben. Ich werde das beobachten. Aber insgesamt vermisse ich das Rauchen im Moment nicht. Wahrscheinlich, weil ich mich so gut beschäftige. Ich lese eine spannende Trilogie von Stieg Larsson, die mich fesselt und auf andere Gedanken bringt. Auch wenn einige der Charaktere rauchen, stört mich das nicht. Ich denke nur, aha, er also auch und sie mal wieder, aber ich spüre nicht das Bedürfnis es ihnen gleich zu tun. Ich fühle mich auch nicht nervös oder abgespannt. Im Gegenteil. Ich schlafe gut – versuche gegen 10 ins Bett zu gehen, wache früh auf, bin gut erholt und nicht depressiv. Ich komme relativ gut in Gang, ich glaube das verdanke ich dem Werk Larssons. Ohne eine mir sinnvoll erscheinende Beschäftigung, auch wenn es nur reines Selbstvergnügen ist, das niemandem außer mir etwas nützt, wäre ich sicherlich aufgeschmissen. Dann würde ich wieder bis in den Nachmittag rein schlafen und mit mir wäre nichts anzufangen. Ich bin froh, dass das jetzt anders läuft.

Körperlich fühle ich mich nicht verändert, obwohl meine Lunge sicherlich aufatmet. Aber geistig geht es mir besser. Ich bin froh, nicht mehr in der Abhängigkeit zu stecken. Ich will nach wie vor nicht ausschließen, dass ich noch mal da rein gerate. Ich verbiete mir immer noch nichts. Aber ich treffe andauernd die lebensbejahende Entscheidung, nicht zu rauchen. Mehrmals täglich. Und es fällt mir nur während der Panikattacken schwer, was schon mal gut ist. Damit kann ich leben.

Morgen mache ich noch mal Schlendrian. Da bin ich zum Grillen bei meiner Ma im Garten eingeladen, mit der ganzen Familie. Da darf ich noch mal schlemmen. Und Sport muss ich dann auch nicht machen, weil Sonntag ist. Aber ab Montag lege ich los. Jeden Morgen mindestens 20 Minuten Sport – joggen, Muskeltraining, Schwimmen, egal. Und ich werde mich beim Essen zügeln. Dann bin ich für die große Familienfete im August wieder ansehnlich. Und für meine Urlaube in London und den USA im November. Ich fühle mich so unwohl mit meinem Gewicht, dass ich da gar keine andere Wahl habe. Abnehmen oder verstecken. Da bin ich doch ganz klar fürs Abspecken. Dabei hab ich den Wunsch den jeder hat: Ich wünschte es ginge schnell. Aber es reicht mir schon, wenn sich überhaupt was tut. Schneller Erfolg wäre natürlich ein schöner Ansporn. Aber ich habe keine Waage zu Hause, zumindest keine funktionierende. Also kann ich mich nur alle paar Wochen mal wiegen, wenn ich meine Mutter besuche. Aber ich werde es vielleicht an den Klamotten merken, auch wenn ich fast nur Leggins und lange Shirts trage. Ich bin auf jeden Fall gespannt auf das Experiment und will so bald es geht loslegen. Montag! Keine Ausreden mehr.

Scheiße! Ich will so was von unbedingt Eine rauchen. Ich bin gerade von einem Familientreffen zurückgekommen. Die Panik fing kurz vor meinem Verschwinden an und war auch der Grund für meinen Abgang. Meine Ma, meine Schwester und ich haben uns über mich unterhalten. Meine Arbeitslosigkeit, meine Depressionen, meine Panikattacken. An sich kein Problem, ich gehe offen damit um. Aber meine Schwester hat mich wie den letzten Loser hingestellt. Und sogar gesagt, dass sie sich schämt wenn Leute nach mir fragen. Was für eine Kackbratze! Die Frau hat Null Empathie. Sie tut gerade so, als würde ich mir das alles freiwillig so gestalten. Jawoll, als die Krankheiten verteilt wurden habe ich ganz laut *Hier!* geschrien. Und arbeitslos zu sein finde ich so geil, dass ich das unbedingt so weiterführen will. So ein Schwachsinn. Kein Wunder, dass Menschen wie sie Panikattacken verursachen. Dabei bin ich ein guter Mensch und das sollte viel mehr zählen als die Dinge die man vorzuweisen hat. Sie will nur, dass ich funktioniere, damit sie anderen Leuten davon erzählen kann. Sie ist nicht stolz auf mich für das was ich bisher erreicht habe, sie macht mich nur nieder. Ich weiß nicht, vielleicht fühlt sie sich dann besser. Es ist auf jeden Fall eine miese Tour. Gerade in schwierigen Zeiten braucht man seine Familie und enge Freunde, deren Liebe und Unterstützung. Das kann sie mir nicht geben und das nehme ich ihr übel. Ich weiß auch, dass sie sich für ihr Verhalten heute nie entschuldigen wird. Sie hat nicht genug Feingefühl um zu kapieren, dass sie sich wie ein Elefant im Porzellanladen benommen hat. Sie ist dafür zu stumpf.

Mein Gott, ich würde jetzt so gerne mit ein paar Kippen etwas Dampf ablassen. Aber das gestaltet sich ungünstig. Ich habe kein Bargeld hier, also müsste ich erst zur Bank und dann zum Kiosk. Dazu hab ich keine Lust. Ich hab eben zwei Butterbrote gegessen und den Frust so ein wenig runtergeschluckt. Vielleicht reicht das. Aber ich würde ich so gerne um die Ohren hauen was ich gerade von ihr denke. Allerdings weiß ich, dass das nichts bringt. Sie hat absolut kein Gespür für die Gefühle anderer und kann sich eh nicht entschuldigen. Ein Mensch, der Fehler lieber bei anderen sucht. Und eigene Unzulänglichkeiten mal eben unter den Teppich kehrt, mit einer Vehemenz die es ihr ermöglicht, dass sie dort auch bleiben. Wäre sie eine Freundin, würde ich die Freundschaft hier und heute beenden, denn der Kontakt tut mir alles andere als gut, wenn sie so ist. Aber wir sind ja nun mal leider verwandt.

Nein, ich werde keine kaufen. Und die Stummel sind alle aufgeraucht. Jetzt hab ich absolut nichts mehr übrig. Ich könnte bei meinem Nachbarn klingeln und ihm eine abkaufen. Aber das wäre mir dann doch ein wenig peinlich.

Ich weiß, mit dem Rauchen tue ich mir nichts Gutes. Es ist im Grunde selbstverletzendes Verhalten. Das sollte man nicht betreiben, wenn man sich doch eigentlich lieb hat. Und ja, ich liebe mich. So wie es sein sollte. Ich brauche die Kippen nicht wirklich. Sie geben mir nichts, außer einen kurzen Moment von Stärke, der dann wieder in Suchtverhalten mündet. Und das zeugt ganz klar von Schwäche. Was will ich also – wirkliche Stärke oder Suchtverhalten? Weder noch, befürchte ich. Ich kratze jetzt meine letzten Kröten zusammen und hole mir Schokolade. Der Mittelweg. Beruhigt Nerven und Seele, ohne da größeren Schaden zu hinterlassen. Um die Hüften kümmere ich mich morgen.

16

Heute früh ist die Stärke von gestern Abend verflogen. Ich bin aufgewacht und habe mich extrem mies gefühlt. Ein Gefühl, dass ich nur mit rauchen bekämpfen kann. Rauchen lässt mich auch mies fühlen, das passt also zusammen. Deshalb habe ich mir welche besorgt. Die erste Zigarette ist mir direkt ins Hirn gegangen. Ich konnte regelrecht spüren, wie das Suchtzentrum stimuliert wird. Ein seltsames Gefühl. Inzwischen habe ich Zwei geraucht und ich würde die Packung am liebsten wieder loswerden. Ich wollte wirklich nur eine, um mich besser zu fühlen. Ich kann einfach nicht darüber hinwegkommen was für eine verständnislose Schwester ich habe. Das tut wahnsinnig weh, baut enormen Druck auf und macht mich traurig. Eine Kombination die mich fürs Rauchen prädestiniert. Ich bin einfach noch nicht stabil genug um da zu widerstehen. Leider. Vielleicht hätte ich das anders anpacken sollen – einfach joggen gehen, das vergessen. Aber ich hatte nicht die Kraft dazu. Konnte mich nicht aufraffen. Vielleicht hat meine Schwester Recht, vielleicht bin ich ein Loser. Heute früh auf jeden Fall. Aber ich weigere mich, das zu verallgemeinern. Ich bin natürlich kein Loser, ich bin ein Kämpfer, schon immer gewesen.

Ich habe immer gearbeitet, meist über meine Belastungsgrenze hinaus. Aber ich bin nun mal krank und kann nicht mehr so viel leisten, auch wenn ich gerne würde. Ich werde auch wieder Arbeit finden, früher oder später, dann werde ich von ihr wahrscheinlich wieder akzeptiert. Aber ob mich das dann noch interessiert ist die andere Frage. Wer in meinen schlimmsten Stunden nicht auf meiner Seite und für mich da ist, der kann mich mal wenn es mir besser geht.

Was mache ich jetzt mit dieser blöden angebrochenen Packung? Ich habe das Gefühl, durchs Rauchen geht es mir nur noch schlechter. Und ich bin massiv enttäuscht von mir. Ich wollte wirklich endlich mal durchhalten. Aber es ist so schwer. Ich habe allerdings nicht mal wirklich Lust zu rauchen. Es ist mehr wie eine Verpflichtung die ich jetzt eingegangen bin, die ich aber gar nicht erfüllen möchte. Ich weiß, ich kann sie nicht für einen späteren Zeitpunkt zur Seite tun. Entweder ich rauche sie auf oder ich schmeiße sie weg. Sechs Euro einfach in den Müll. Das ist übel.

In dem Buch das ich gerade lese wird auch geraucht. Vielleicht rauche ich einfach noch ein bisschen mit, den Tag über, und alles was heute Abend übrig ist landet im Müll. Morgen ist ein neuer Tag. Ein neuer Anfang. Das klingt für mich nach einem Plan.

17

Ich habe es durchgezogen. Heute ist ein neuer Tag und ich werde ihn ohne Zigaretten verbringen. Ich fühle mich enorm schlapp – das kommt vom Rauchen, nicht mal unbedingt vom Entzug würde ich sagen. Mein Körper hat sich gestern mit Nikotin und all den Giftstoffen vollgesogen und ist heute fertig mit der Welt.

In den Tagen als Nichtraucher habe ich eine tolle Beobachtung gemacht. Während meiner Panikattacken will ich zwar immer noch nichts lieber als rauchen, aber ich habe bemerkt, dass ich mich viel schneller beruhige wenn ich es nicht tue. Das ist top und gibt mir Kraft.

18

Meine letzte Zigarette ist heute genau eine Woche her. Bis jetzt habe ich gut durchgehalten und es kaum vermisst. Aber die letzten beiden Tage hege ich regelrecht sentimentale Gefühle fürs Rauchen. Ich romantisiere es fast schon. Und vermisse es schmerzlich. Nur die Idee davon. Denn die Praxis ist ekelhaft. Aber der Gedanke ans Rauchen bleibt. Sich was gönnen, mal abschalten mit dem guten alten Freund Zigarette. In Erinnerungen schwelgen. Zigaretten mit Freunden. In gesellschaftlichen

Situationen. Ohne Sorge um die Konsequenzen. Wenn andere es tun, darf ich das auch.

Ok, ich hab mir wieder Tabak gekauft. Das Problem ist einfach, dass ich wieder richtig depressiv werde wenn ich nicht rauche. Das ist wie eine Schleuse zur Vergangenheit und zu allen negativen Erfahrungen und Gefühlen die ich je erlebt habe. Es kommt einfach alles hoch. Alles was ich, mit Hilfe des Rauchens erfolgreich verdränge.

Ist es wirklich so schlimm? Ja, ich denke schon. Denn ich habe nur diesen einen Körper, diese eine Gesundheit. Aber auch das verdränge ich wenn ich rauche.

Was alles hoch kommt kann ich gar nicht in ein paar Worten zusammen fassen. Meine Kindheit, meine Krankheitserfahrungen mit Depressionen. Die Krankenhausaufenthalte, die Therapien. Die unterdrückten Emotionen, die durch die Medikamente auch weiterhin unterdrückt bleiben. Ich kann deshalb auch nicht weinen. Gott, ich wünsche mir so sehr, wieder mit meinen Gefühlen im Einklang zu sein und einfach mal weinen zu können, oder wieder eine Emotion durch meinen Körper fließen zu spüren. Aber da ist gar nichts. Höchstens einen Ahnung von Traurigkeit oder Freude. Aber ich spüre sie nicht wirklich.

Früher war das anders. Da hat es meinen Körper regelrecht durchflutet. Mit Kribbeln und allem. Das waren noch Zeiten. An die erinnere ich mich gerne zurück. Die Zeit bevor ich 30 wurde und alles den Bach runter ging. Naja, eigentlich ist vorher schon alles den Bach runter gegangen. Aber ich habe es nicht gemerkt.

Ich habe mir immer eingeredet alles wäre ok. Bis das nicht mehr geholfen hat. Denn eigentlich habe ich schon eine Menge durchgemacht. Musste sehr früh erwachsen werden, im Umfeld meiner Familie.

Bei der Scheidung meiner Eltern war ich 5. Mein Vater, ein manipulativer Typ Marke Arschloch verschwand – bis auf die paar Male an denen er sich gewalttätig Zugang zur Wohnung verschaffen wollte, um uns, seine Kinder, zu sehen. Schon bald kam eine neue Vaterfigur in unser Leben und ab da gab es nur noch Streit. Zwischen ihm und meiner Schwester. Meine Mutter versuchte zu schlichten, ich saß in der Ecke und habe nicht gemuckst. Wurde einfach übersehen. War kein wirklicher Teil dieser Familie. Auch bei den Therapiesitzungen war ich nicht dabei. Warum auch, ich hatte ja mit niemandem ein Problem. Ich war unsichtbar. Die einzige Vernünftige in dem ganzen Chaos. Meine Therapeutin meinte einmal, dass ich in einem Krieg aufgewachsen bin. Und das sehe ich genauso. Ständig wurde gekämpft. Und ich wurde verletzt. Nicht körperlich, aber seelisch, was ebenso schlimm ist.

Der Krieg dauerte Jahre, bis ich 14 war. Da zog mein Stiefvater endlich seiner Wege. Was er zurückließ war eine traumatisierte Kleinfamilie, die sich erstmal die Wunden lecken musste. Dabei hatte ich keine Hilfe. Ich versank in einer Esssucht und betäubte mich mit Fernsehen. Das war meine Welt. Ich wollte nicht in meiner leben, also starrte ich in die Glotze und träumte von besseren Zeiten.

In der Schule wurde ich gehänselt, weil ich immer dicker wurde. Das hat keiner verstanden. Für mich war es ein Schutzwall. Essen hat mich getröstet. Es gab sonst niemanden, der das übernehmen konnte. Meine Mutter war noch nie gut im Trösten. Sie ist was das angeht ein wenig hilflos. Ich konnte spüren, dass sie mir gerne helfen wollte, aber sie wusste einfach nicht wie. Und ich konnte ihr da auch nicht helfen. Ich hatte meine Methode gefunden und fürs erste war das ok so.

Natürlich mochte ich meinen veränderten Körper nicht. Ich habe mich für ihn geschämt. Mich nicht mehr raus getraut. Meine komplette Freizeit zu Hause vor der Glotze verbracht. Die wilden Teenagerjahre, in denen experimentiert wird mit dem anderen Geschlecht, habe ich komplett verpasst. Keiner wollte mich und ich wollte keinen. Ich wollte einfach nur meine wohlverdiente Ruhe. Die Beziehungen, die meine Mutter mir vorgelebt hatte, haben mir als Erfahrung gereicht. Ich wollte sowas nicht noch mal erleben. Also wurde ich ein Vermeider.

In meiner Klasse gab es irgendwann ein Spiel, bei dem alle Jungs aufschreiben sollten auf welches Mädchen aus der Klasse sie standen und andersrum. Ein Junge stand doch tatsächlich auf mich. Ich mochte ihn auch irgendwie. Aber als mir das gesagt wurde, hielt ich es für einen schlechten Witz. Ich habe nicht glauben können, dass er es wirklich so meint, dachte ich werde verarscht. Wer steht schon auf die Dicke die von allen gehänselt wird. Das kann nur ein gemeiner Scherz sein. Oder? Heute glaube ich, dass er mich vielleicht wirklich mochte. Damals hielt ich es für ein Ding der Unmöglichkeit. Und so blieb ich einsam. Ohne es zu merken. Wenn man ein Teenager ist, weiß man einfach nicht, was einem gut tut und was man zum Glücklichsein braucht. Ich wusste es nicht. Und selbst wenn ich es gewusst hätte, ich hätte es mir nicht erlaubt. Ich dachte, so wie mein Leben bisher war, das ist mir vorbestimmt. Glück und Liebe standen einfach nicht in meinen Karten. So machte ich weiter, bis ich 18 wurde und zu Hause auszog. Ganz weit weg wollte ich. Also ging ich für eine Zeit nach England. Dort wurde alles besser.

19

Ich hasse meine Schwester. Nicht immer. Aber im Moment. Sie ist unglaublich launisch und kann richtig fiese Sachen sagen, die einem durch Mark und Bein gehen. Und sie merkt es noch nicht mal, für sie ist das ja auch nicht schlimm. Dazu kommt noch, dass sie sich, da es ihr an Einsicht mangelt, nicht entschuldigt. So muss man schlucken oder ausweichen, was beides schwer ist. Was passiert ist? Wir waren bei einer gemütlichen Familienfeier. Mein Neffe wollte wissen wer all die Leute sind und meine Schwester stellte vor. Das Wort Tante fiel einige Male und er fragte, wessen Tante sie sei. Mit großer Enttäuschung in der Stimme sagte sie, sie sei von niemandem die Tante und habe auch schon die Hoffnung aufgegeben, dass sich das jemals ändern wird. Da wir keine anderen Geschwister haben ging das direkt in meine Richtung. Bäm! Du Loser, ließ sie durchklingen. Kriegst nichts auf die Reihe und ich muss darunter leiden. Dabei weiß sie, was ich mit Männern durchgemacht habe. Da war kein Vater-Material dabei.

Meine Reaktion – betreten zu Boden schauen – wertete sie gleich wieder und meinte: Du bist doch jetzt wohl nicht etwa wieder beleidigt. Doch, war ich. Denn das war verletzend. Aber das schnallt sie nicht. Manchmal denke ich, wenn sie doch die Reaktion merkt, und merkt, dass sie jemanden getroffen hat und dann nicht darauf eingeht, sondern deswegen auch noch angepisst ist, ist sie ein Psychopath oder was? Was stimmt da nicht? Natürlich hat sich gleich wieder ein Panikgefühl eingestellt und ich wollte nur weg. Zum Glück war auch bald Zeit zum Aufbruch. Zum Abschied meinte ich zu ihr, sie sollte vielleicht mal aufpassen was sie so sagt. Darauf war und bin ich immer noch stolz! Ihre Reaktion war nur: Das war doch gar nicht schlimm. Echter Psychodreck. Sowas kann ich nicht gebrauchen. Ich bin schon am Boden – 37, arbeitslos, Single, kinderlos. Da brauche ich aufmunternde Worte, Leute, die noch an mich glauben. Das tut sie nicht. Und das ist ok. Aber es ist noch eine ganz andere Sache das jemandem ins Gesicht zu knallen.

Sie hat alles, was sie sich für mich wünscht, sitzt auf dem hohen Ross. Aber ob ich das alles überhaupt will, weiß sie doch gar nicht. Vor allen Dingen weiß sie auch, dass ich seit sieben Jahren Psychopharmaka nehmen muss, mit denen man nicht schwanger werden darf. Zumindest nicht bei meiner Dosis. Also was soll das alles? Sie weiß das alles von mir, auch die ganzen traumatisierenden Trennungen die ich hinter mir habe. Aber das scheint sie auszublenden. Vielleicht ist die Luft da oben auf ihrem Ross ein wenig dünn und sie kann nicht richtig denken.

Ich hatte bisher einfach kein Glück in der Liebe. Damit will ich nicht sagen, dass alles schlecht war und ich nur miese Erfahrungen gemacht habe – das nicht. Aber gehalten hat es eben nie. Vielleicht bin ich zu wählerisch oder lasse mich zu schnell abschrecken. Aber es ist einfach so, dass die meisten Leute mich irgendwann enttäuschen oder mir schlicht auf die Nerven gehen. Und wenn man bedenkt, dass ich mit 20 nicht mal mit einem Mann alleine sein konnte, ohne am ganzen Körper vor Angst zu zittern, ist das was ich bisher an Beziehungen hatte schon vorzeigbar. Ja, ich habe gezittert. Aus Angst. Vor Kotrollverlust. Das liegt in meiner Kindheit begründet. Die miesen Erfahrungen mit meinem ruppigen, ungehaltenen Vater und meinem Arschloch von

Stiefvater haben mich geprägt. Noch dazu die beinahe Vergewaltigung mit 14, im Urlaub in Tunesien, aus der ich nur durch die Lüge, ich hätte AIDS, rausgekommen bin. Alles ganz nachvollziehbar, denke ich. Davon weiß meine Schwester natürlich nichts. Davon weiß niemand, nicht mal meine Therapeutin. Das habe ich in die hinterste Ecke meiner Erinnerung verbannt und da soll es langsam aber sicher verkümmern.

Von solchen Kommentaren meiner Schwester erhole ich mich immer schlecht. Ich trage das Gesagte tagelang mit mir, wie einen Rucksack voll Blei. Da braucht es viele positive Erlebnisse und nette Kontakte zu meinen Freunden um das wieder auszubügeln. Am liebsten würde ich den Kontakt mal für eine Weile abbrechen und meine Wunden lecken. Aber dann würde ich meine Nicht und meinen Neffen nicht mehr sehen und das schmerzt mich. Die beiden bedeuten mir so viel, dass ich es wohl oder übel in Kauf nehme, offen beleidigt zu werden. Das Gute ist nur, dass meine Familie sie kennt und da ganz auf meiner Seite ist. Ihr loses Mundwerk ist ihnen bekannt und sie schätzen es genauso wenig wie ich, denn so gut wie jeder kann ihm zum Opfer fallen. Es sei denn, derjenige erfüllt ihre Vorstellungen von dem was man haben oder sein sollte. Dass ich ein guter Mensch bin und das Herz am rechten Fleck habe, sieht sie entweder nicht oder sie ist es einfach gewohnt, dass ich ein vernünftiger Mensch bin. Das nimmt sie als gegeben hin. Dass das auch harte Arbeit bedeuten kann, die man an sich selbst verübt hat, sieht sie nicht. Sie ist es auch nicht gewohnt, Widerworte zu bekommen. Die meisten Leute sind von ihrer Wandlung von nett zu komplettem Arschloch so geschockt, dass sie erstmal alles schlucken. Das bedeutet, dass sie kein Feedback bekommt und munter so weiter macht. Aber von mir bekommt sie ab jetzt Feedback. Ich hab gehörig die Nase voll. Ich trage schon schwer an meinen Lasten und kann es nicht gebrauchen, dass sie noch jemand auf meinen Rücken setzt und die Peitsche schwingt. Ich werfe sie einfach ab. Soll sie sehen wie sie weiterkommt.

Auf das Rauchen hat das alles natürlich auch einen Einfluss. Frustbewältigung pur. Aber ich habe immer noch vor, dem den Rücken zu kehren. Mein Tabak ist fast alle, heute Abend müsste er zur Neige gehen. Dann habe ich ganz fest vor, mir keinen neuen zu kaufen. Der Ausspruch: Man hat nur diesen einen Körper, diese eine Gesundheit, hat sich fest in mir verankert. Ich will mir das immer wieder ins Bewusstsein rufen, dann wird es hoffentlich klappen. Ich finde es auch schon wieder richtig ekelig. Also, neues Spiel, neues Glück. Und was ich dann an Geld spare investiere ich in eine Mitgliedschaft im Fitnessstudio.

20

Ich bin jetzt Mitglied im Fitnessstudio, aber ich gehe nicht hin. Sozusagen eine stille, faule Mitgliedschaft. Ich kann mich zu nichts aufraffen. Morgens wache ich gerädert auf, und selbst nach dem ersten Kaffee und der ersten Zigarette geht es mir nicht besser. Irgendwas mache ich falsch. All die negativen Sprüche meiner Schwester geistern mir im Kopf rum und ziehen mich runter. Ich wünschte ich könnte das abstellen. Aber ich weiß nicht wie.

Warum macht mich das so fertig? Es sagt doch im Grunde mehr über sie aus als über mich, wenn sie sich für jemanden wie mich schämt. Sind ihr die Gedanken anderer Leute wichtiger als mein Wohlbefinden? Anscheinend ja. Und was interessiert es sie? Sollte sie nicht Partei für mich ergreifen und mich verteidigen? Als große Schwester, die sich ach so viele Sorgen macht, wie sie immer behauptet tritt sie mir gegenüber nicht auf. Mehr als eine Art Tyrann, der alles im Brand setzt und sich dann verpisst, ohne die Verantwortung dafür zu übernehmen. Und mich überlässt sie eiskalt den Flammen.

Ich will nicht jammern, und auch kein Opfer sein. Sie macht mich dazu, aber ich will das durchbrechen. Ich selbst habe eine gute Meinung von mir und das sollte doch mehr wiegen als dumme Kommentare, oder?

Warum können einen Menschen die einem nahe stehen nur so schwer verletzen? Ich weiß es nicht. Ich weiß nur, dass es so ist. Also werde ich meine Wunden heilen lassen und keinen Kontakt mehr mit ihr haben. Wenn ich sie auf Familienfeiern sehe, werde ich sie grüßen, aber unterhalten werde ich mich nicht mit ihr. Sie soll nichts mehr über mich wissen, dann hat sie auch keine Angriffsfläche. Ich will zu einem Mysterium werden. Soll sie sich ruhig fragen, warum. Ich hab keinen Bock mehr auf sie.

Wie sich all das aufs Rauchen auswirkt? Fatal. Ich rauche zwar nicht sehr viel, aber 10 bis 12 am Tag sind es schon. Und ich bin darüber nicht glücklich. Aber jedes Mal wenn ich mir wieder vornehme keine mehr zu kaufen, frage ich mich warum eigentlich? Wofür lohnt es sich aufzuhören? Was ist meine Motivation? Warum soll ich mir nicht erlauben, was ich will? Wer hält mich davon ab und wen interessiert es überhaupt?

Gestern traf ich einen Freund, der mir erzählte, dass Allen Carr auch kein Nichtraucher geblieben ist. Er hat sogar ein weiteres Buch geschrieben, in dem er das Rauchen glorifiziert. Und er ist an

Lungenkrebs gestorben – natürlich. Damit hat sich dieses Vorbild erledigt. Sehr enttäuschend.

Was soll's, ich kann tun und lassen was ich will, wie jeder andere Erwachsene auch. Aber was will ich eigentlich? Ich will glücklich sein. Und gesund. Morgens mit fröhlichen Gedanken aufwachen, nicht total gerädert. Mich des Lebens freuen, anstatt mich von Panikattacke zu Panikattacke zu hangeln und mich zu freuen, wenn ich mal einen Tag verschont bleibe. Ich will noch was erleben, Spaß haben, mich selbstvergessen ins Leben stürzen. Liebe erleben. Das fehlt mir so sehr.

Das letzte Mal verliebt war ich vor eineinhalb Jahren. Viel zu lange her. Ich vermisse diesen Rausch. Mich völlig auf jemand anderen einzulassen. Die Kontrolle zu verlieren, aber auf positive Art. In eine andere Welt eintauchen. Jemanden mit all seinen Fehlern annehmen. Verschmelzen. Aber im Moment bin ich so unzufrieden mit mir, dass ich mir das nicht erlauben kann. Doch wie komme ich aus diesem Teufelskreis raus? Ist Nichtraucher werden die Antwort? Oder nur eine weitere Bürde, die mich unglücklich macht?

Ich weiß es nicht, aber ich will es immer noch herausfinden. Das könnte doch mein Antrieb sein. Ich mache das für mich, damit es mir besser geht. Das ist vielleicht ein Anfang, ein Schritt in die richtige Richtung. Hoffentlich.

21

Ich will es nicht beschreien. Und ich hab Angst davor, mich zu früh zu freuen, aber ich glaube es ist endlich so weit. Ich hab den Absprung geschafft. Mittlerweile bin ich den fünften Tag rauchfrei. Ab und zu kommt mir noch der Gedanke: Ahh, nur noch eine, eine letzte. Vor zwei Tagen habe ich dem nachgegeben und mir aus Resten noch eine gebaut. Als ich die geraucht habe ist mir wahnsinnig schwindelig geworden und auch ein bisschen übel. Außerdem hat sich gleich eine Panik eingestellt. Das sollte doch alles aussagen. Es ist so schädlich, dass mein Körper sofort in sich zusammen sackt und dicht macht. Außerdem fühlt es sich an, als ob sich ein Vorhang zuzieht. Vorher ging es mir gut, aber schon beim Rauchen merkte ich wie alles schwer wird. Vor allem der Kopf und ich mich schlechter fühlte als vorher.

Wenn der Körper so auf eine Zigarette reagiert, will man sich gar nicht vorstellen was er erst bei 10-15 am Tag durchmacht. Man gewöhnt sich daran, klar, und dann hat man diese Symptome nicht. Aber ist es wirklich richtig, dass sich der Körper an sowas gewöhnt? Ich denke nicht.

Dadurch, dass ich nicht rauche, hat sich auch mein Kaffeekonsum enorm verringert. Anstatt fünf bis sechs Tassen am Tag trinke ich jetzt zwei am Morgen und das war's. Ich schlafe so viel besser dadurch. Das ist großartig.

Durch all das Negative hab ich auch gar keine Freude oder Erleichterung beim Rauchen empfunden. Nur Negatives. Das sollte ich mir merken. Falls ich doch noch mal Schmacht bekomme, oder ich in schwierigen Situationen oder bei Frust ans Rauchen denke, sollte ich das abrufen und mir sagen: Nein, das bringt jetzt auch nichts, das macht alles nur noch schlimmer. Ich hoffe wirklich, dass das klappt. Ich bin bereit für eine neue Art zu leben. Und denke, dass ich das jetzt endlich hinter mir lassen kann. Auf zu neuen Ufern, zu einem gesünderen Ich. Die Zeit ist reif und ich bin bereit. Mein Körper hat lange genug unter mir gelitten.

Wenn ich trotz allem Schmacht bekommen sollte, schnorre ich mir eine bei Freunden oder Nachbarn und erinnere mich wieder an das üble Gefühl und gut ist. Das wird schon.

22

Inzwischen bin ich zwei ganze Wochen rauchfrei. Und mega stolz. Ab und zu denke ich noch daran und möchte eine, aber ich weiß definitiv, dass ich mir keine Packung mehr kaufen werde. Neulich Abend hatte ich große Schmacht und keine Möglichkeit an welche ranzukommen. Also bin ich bin einem Einweckglas losgelaufen und habe von der Straße Zigarettenstummel aufgesammelt und mir daraus drei gedreht. Das ist mir sehr peinlich, aber so war es nun mal. Nachdem ich die drei Kippen innerhalb von zwei Stunden geraucht hatte, war mir übel. Und in der Nacht habe ich richtig schlecht geschlafen. Das sagt ja wohl alles. Inzwischen geht es mir wenn ich eine rauche so mies wie wenn ich als Raucher auf Entzug war. Ohne Qualm ist alles besser. Und ich hab beim Atmen endlich wieder das Gefühl, gute Luft einzuatmen.

Wie es auf anderen Ebenen läuft? Gut. Ich habe endlich einen Job, als medizinische Schreibkraft in einem Krankenhaus. Das macht mir richtig Spaß und das Team ist nett. Seit einer Woche bin ich dabei. Und ich habe mein Ziel erreicht: Mit dem Rauchen aufzuhören bevor ich einen Job antrete. Also beim neuen Job nicht als Raucherin aufzutreten. Die Kollegen sind sehr nett, einer davon ist sogar sehr attraktiv. Aber ich will mich da lieber in nichts hineinsteigern. Ich weiß zwar, dass er Single ist, aber das könnte sehr kompliziert werden. Außerdem weiß ich gar nicht, ob ich sein Typ bin. Ich hab es nämlich immer noch nicht geschafft abzunehmen. Ich wiege 85 Kilo und davon komme ich einfach nicht runter. Das liegt an den Tabletten, die ich leider immer noch nehmen muss. Sie steigern einfach den Appetit, so dass ich fast immer essen könnte. Ich tue es nicht, aber das ist oft ein harter Kampf, den ich leider immer öfter verliere. Aber ich sage mir, was soll das alles? So dick, dass es meine Gesundheit gefährdet bin ich nicht, das ist alles gerade noch im Rahmen. Zumindest bin ich gesund, das hat neulich mein Hausarzt durchgecheckt. Also, warum soll ich mich quälen? Klar, schlanker fühle ich mich wohler, und vielleicht ist mir dieses Leben auch irgendwann wieder vergönnt. Aber im Moment nehme ich mich einfach wie ich bin und bastle nicht an mir rum. Ein guter Mann würde mich auch so nehmen. Einer, der auf innere Werte baut, und davon habe ich mehr als genug. Ohne überheblich zu klingen, aber ich habe lange Jahre hart daran gearbeitet, der für mich bestmögliche Mensch zu werden. Mit Erfolg, wie ich und auch genügend andere finden. Also, warum sollte ich mich wegen sowas fertig machen? Das wäre nicht fair. Es sollte mich von nichts abhalten.

Ich weiß noch, wie es mir als Teenager ging. Ich war sehr pummelig und hab, bis auf die Schulstunden, die ich auch öfters mal geschwänzt habe, nur zu Hause gehockt und fern gesehen oder gelesen und von einem anderen Leben geträumt. Dem Leben, das ich haben werde wenn ich endlich schlank und erwachsen bin und tun und lassen kann was ich will. Ich wollte dann reisen und die Welt sehen. Einen tollen, gut aussehenden Freund haben. Einfach endlich glücklich werden. Das hat sich später alles erfüllt. Ich bin viel gereist, hatte gut aussehende Freunde und war frei, schlank und hübsch, wie mir oft gesagt wurde. Das war eine tolle Lebensphase, auch wenn ich sie bei weitem nicht so sehr genossen habe wie ich es hätte tun sollen. Ich hatte alles was ich wollte und war trotzdem nicht glücklich. Das lag natürlich zu großen Teilen an der aufkeimenden Depression. Aber jetzt, wenn ich zurückschaue, hatte ich in meinen 20ern ein tolles Leben. Schade, dass man das Gute oft erst im Rückspiegel sieht. Ich zumindest. Andere sehen das vielleicht eher. So wie ich jetzt. Mit Mitte 30 lebt man einfach bewusster. Man sieht Dinge klarer. Schade, dass ich jetzt durch meine Panikattacken so eingeschränkt bin und nicht mehr alles machen kann. Mich abends verabreden zum Beispiel, weil die Gefahr einer Panik nachmittags und am Abend am größten ist. Und ich leider noch keine Methode gefunden habe, um die Panik schnell loszuwerden. Das braucht immer Beruhigungsmittel, viel Ruhe, Entspannungsübungen und die Sicherheit meiner Wohnung. Reisen ist da auch nicht so einfach. Ich will dieses Jahr unbedingt noch meine Freundin in London besuchen, habe auch schon alles gebucht, aber ich habe Schiss. Was, wenn ich schon auf dem Hinflug Panik bekomme und sie nicht los werde? Dann irre ich da durch den Flughafen, von der Panik kurzsichtig gemacht und finde mich vielleicht nicht zur Bahn, dann in die U-Bahn und dann zum Haus meiner Freundin. Was, wenn ich mich da total verirre? Oder den Ausgehabend, den ich für uns geplant habe, mit einer Comedy Show. Was, wenn mich da die Panik packt und ich nicht weg kann; das wäre die Hölle. Oder noch schlimmer, ich muss das schon vorher absagen, dann sind mal eben 100 Euro im Eimer. Und peinlich ist es noch dazu.

Darüber zerbreche ich mir den Kopf und es macht mich ein bisschen traurig, dass ich nicht so leben kann wie ich gerne würde. Ich würde gerne viel mehr Aktivitäten machen, rausgehen in die Welt, so wie früher. Aber die Panik, oder die Angst davor, fesselt mich an mein Zuhause. Arbeiten schaffe ich gerade noch, aber das war es. Das kann aber einfach nicht alles sein. Damit gebe ich mich nicht zufrieden. Ich werde das alles trotzdem machen. Ich bin immerhin nach Australien gereist, trotz drohender Panik, die sich im Übrigen auch auf beiden Flügen eingestellt hat und ewig nicht wegging. Klar könnte mich das abschrecken. Aber ich verzichte schon auf so viel, das Reisen will ich mir nicht auch noch nehmen lassen, denn es tut mir wahnsinnig gut.

Ich habe neulich ein Buch gelesen, in dem Methoden zur Panikverhinderung beschrieben werden: mit den Fingern schnippen, die Zunge bewegen, schwankend laufen, um nur ein paar zu nennen. Das habe ich schon öfter angewendet, und mit der Übung kommt auch die Wirkung. So ist es mir schon ein paar Mal gelungen, die Panik zumindest aufzuschieben. Aber sobald sie da ist, helfen diese Übungen leider nicht mehr.

Ich habe heute einen Brief bekommen. Ich wurde gekündigt, ohne Angabe von Gründen. Vielleicht, weil ich öfter mal wegen Panik früher gehen musste – ich weiß es nicht. Auf jeden Fall bin ich am Boden zerstört. Und natürlich, ich rauche.

23

Die letzten Wochen habe ich einfach so ins Land ziehen lassen, ohne groß etwas zu machen. Habe Panik geschoben, fast jeden Tag, und deshalb auch die Reise nach London abgesagt. Einen weiteren Grund gab es dafür aber auch und das ist was Erfreuliches – ich habe seit drei Wochen endlich wieder einen Job. Ich bin in der Mailabteilung eines Call Centers und befasse mich mit Beschwerden. Sicher kein Traumjob, aber nette Kollegen und gute Arbeitszeiten. Was nicht so gut ist – durch den Stress der Einarbeitung rauche ich. Auch wenn ich dort bin. Es ist unheimlich schwierig, vier Stunden ohne Pause Beschwerdemails zu beantworten. Eine Rauchpause oder zwei sind da genau das Richtige. Ich wüsste nicht, wie ich es ohne das überstehen sollte. Außerdem sind die Rauchpausen gut um die Leute da ein wenig kennen zu lernen. So zum Beispiel meinen einen Kollegen – Marvin. Er ist sehr nett, lustig und attraktiv, aber leider erst 22. Das ist viel zu jung, ich weiß. Aber ich kann mir nicht helfen, er gefällt mir sehr. Das ist schön, könnte aber tragisch enden. Man sollte wirklich nichts mit Kollegen anfangen, das habe ich in der Vergangenheit ja schmerzlich gelernt. Was, wenn wir etwas anfangen, aber es nicht klappt. Da reichen schon Dinge wie: er kann nicht gut küssen, wir haben privat keine Chemie, oder im Bett passt es nicht. Was dann? Dann müssen wir weiter zusammen arbeiten und ich muss mich jeden Tag zusammenreißen um nicht durchzudrehen vor Sehnsucht, falls er es beenden sollte, und ich es will. Das klingt alles mega stressig. Stress, den es auf jeden Fall zu vermeiden gilt. Aber es gibt sonst niemanden den ich mag. Ich hab mich sogar bei Tinder angemeldet, um auf andere Gedanken zu kommen und da mal meine Chancen auszuloten. Aber da sind echt nur Idioten. Es hat sich noch kein einziges vernünftiges Gespräch ergeben. Entweder es kommt gar nichts oder nur Müll. Schade. Ich hatte da wirklich ein wenig Hoffnung reingelegt. Was bleibt mir also? Eine hoffnungslose Schwärmerei für meinen jungen Kollegen? Das kann es nicht sein. Das will ich auch nicht. Entweder es ergibt sich da gleich was oder ich lasse, auch gedanklich, die Finger davon. Wobei ich mir zu letzterem rate.

Mann, ich bin so verdammt einsam, ich könnte schreien. Oder weinen. Aber beides geht irgendwie nicht. Ich weine so selten, die Male kann ich fast zählen. Es braucht schon einen richtig traurigen Film oder einen massiven Schock, damit bei mir die Tränen fließen. Aus Selbstmitleid klappt das leider nicht. Ich bin auch so verdammt wütend, deshalb hab ich wahrscheinlich auch so viele Panikattacken. Ich verfluche meinen Glücksstern, wenn es ihn gibt, denn er bringt mir nichts als Pech. Und was passiert natürlich, wenn man so unglücklich ist und dringend Trost braucht? Natürlich, man raucht. Ich kann mir im Moment nicht mal im Entferntesten vorstellen damit aufzuhören. Was bleibt mir dann noch? Ein riesen Loch in meinem Leben und in meiner Seele. Damit will ich mich so wenig wie möglich auseinandersetzen. Also wird gepafft. Und das nicht zu knapp. Ich war neulich bei meinem Hausarzt, wegen starker Kopfschmerzen, brauchte eine Krankschreibung. Und er meinte zu mir, Sie sind aber auch starke Raucherin. Das hat gesessen. Da hab ich mich geradezu ein wenig erschreckt. Raucherin, ja. Aber starke? So hab ich mich bisher nicht gesehen. Er meinte aber, ich rieche wie ein starker Raucher und das war mir richtig peinlich. Am nächsten Tag hab ich versucht es zu lassen. Aber es nicht geschafft. Das nehme ich mir auch erstmal gar nicht mehr vor. Im Moment zählt nur, die Arbeit schaffen und das Leben irgendwie auszuhalten. Alles weitere sehe ich wenn es mir besser geht.

24

Ich habe das Aufgeben aufgegeben. Die Depressionen in die ich verfalle halte ich nicht aus und sie machen mir Angst. Das Leben ist schon mit Zigaretten hart, aber ohne einfach nicht auszuhalten.

Ich habe jemanden kennen gelernt. Auf Tinder. Ich dachte ich gebe dem mal eine Chance. Und es hat lange genug gedauert jemanden zu finden mit dem man mal vernünftig reden kann. Man sollte meinen, es geht doch. Ich bin endlich nicht mehr alleine. Das sollte meine Stimmung heben. Aber das tut es nicht. Ich bin von ihm irgendwie gelangweilt. Er hat rein äußerlich nicht wirklich etwas was mich reizt und ist auch sonst wenig beeindruckend. Ich klinge jetzt vielleicht echt scheiße, aber ich brauche das. Für mich muss ein Mann entweder so eine Art Held sein oder irgendein beeindruckendes Talent haben. Ich war mit Musikern und mit einem Rettungssanitäter zusammen, die sind alle in diese Kategorie gefallen. Ein Normalo tut es einfach nicht für mich. Ich selbst bin mit meinem Schreiben kreativ. Und ich möchte mit jemandem zusammen sein der da irgendwie mithalten kann.

Stimmt nicht, eigentlich muss er kein Talent haben, das wäre nur wünschenswert. Nein, ich war auch mit normalen Männern zusammen. Aber in die habe ich mich dann eben verliebt. Das hat dann für eine Zeit gereicht, bis es eben nicht mehr gepasst hat.

Vielleicht sollte ich die Stadt wechseln. Hier gibt es einfach keine richtige Künstlerszene. Das fehlt mir total. Schreiben ist so eine einsame Angelegenheit. Mir fehlt der Austausch. An der Uni damals hatte ich das noch. Aber das hat sich alles im Sande verlaufen. Kein Kontakt mehr.

Ich bin so unzufrieden mit meinem Leben, ich kann es gar nicht ausdrücken. Aber ich hab mächtig Schiss was zu verändern. Was, wenn es mir dadurch noch schlechter geht? So ein Umzug ist keine Kleinigkeit. Ich würde alles neu machen müssen. Alles neu aufbauen. Es ist nicht gerade so, dass ich hier viel aufgeben würde. Meine Familie, ein paar Freunde, meine ganzen Ärzte, die mich jahrelang kennen. Aber das war es auch schon. Das kann ich mir neu aufbauen. Also, wovor diese Angst?

Im Moment denke ich mir, doch egal wo ich wohne. Mit meiner Panik sitze ich eh die meiste Zeit zu Hause. Wenn ich nicht gerade am Arbeiten bin. Aber vielleicht ist meine Selbstverwirklichung nicht direkt um die Ecke. Vielleicht liegt sie wirklich in einer anderen Stadt. Oder ist das einfach nur eine Flucht? Vor dem Gewohnten. Vor der Langeweile. Aber selbst wenn, was ist falsch daran? Lass mich doch flüchten. Lass mich abhauen. Wenn ich dann glücklicher werde lohnt es sich doch. Vielleicht finde ich einen Job als Autorin, beim Film oder so. Das wäre mächtig spannend. Vielleicht lerne ich andere Künstler kennen. Menschen, die so ticken wie ich.

Ich hatte neulich einen Ersttermin bei einem neuen Therapeuten, weil meine bisherige meinte, sie könne mir mit meiner Panik nicht helfen. Und er hat es frei raus gesagt. Ich muss mal langsam aufhören zu träumen. Wenn ich Familie möchte wird es jetzt höchste Zeit. Aber ich weiß einfach nicht ob ich das möchte. Vielleicht bin ich einfach lieber auf Lebenszeit die coole Tante. Solange ich noch Medikamente nehmen muss, bin ich eh raus. Da wird das nix mit einer Schwangerschaft. Aber das ist vielleicht meine Antwort. Ich sollte das nicht erzwingen. Wenn es nicht geht dann geht es halt nicht. Dann muss ich was anderes Cooles für mich finden. Noch bin ich relativ jung, da kann ich locker noch mal umsiedeln. Ich hab nur keinen richtigen Bock auf die ganze Arbeit die das macht. Also lieber den Kopf in den Sand stecken? Ich weiß nicht. Das kann auch nicht die Lösung sein.

25

Ich fühle mich wie ein Arschloch, weil ich dem Mann keine Chance einräume. Gut, er hat keine Talente, aber vielleicht ist er ein warmherziger, guter Typ. Wir schreiben noch und werden uns auch treffen. Das hab ich beschlossen. Wer weiß, vielleicht überrascht er mich ja positiv. Und ein Umzug nach Berlin ist möglicherweise auch nicht die Lösung. Aufgrund meiner Panikattacken bin ich ziemlich an meine Wohnung gefesselt. Also ist es eigentlich egal in welcher Stadt ich lebe. Vielleicht wäre das sogar ein Nachteil, wenn ich wüsste, draußen tobt das Leben und ich verpasse das. Hier ist alles ruhig. Da brauche ich mir über sowas keine Sorgen machen.

Ok, der große Tag ist gekommen und gegangen. Und es war ein totaler Reinfall. Er hat mir nicht gesagt, dass er sehr klein ist. Höchstens einsfünfundsechzig. Also so groß wie ich. Ich stehe nicht auf kleine Männer. Das ist schon sowas wie eine Phobie. Auch wenn das blöd klingt. Aber es ist so. Ich hab mich trotzdem mit ihm hingesetzt und mich fast zwei Stunden mit ihm unterhalten. Wobei unterhalten schon zu viel gesagt ist – er hat fast die ganze Zeit geredet. Und nach einer Weile bin ich abgedriftet.

71

In dem Café lief Musik, der habe ich zugehört. Und gedacht, Mann, halt doch endlich mal den Mund, ich will lieber diese Musik hören. Ein sehr schlechtes Zeichen.

Heute ist der 23.12. und ich gehe wieder alleine nach Hause. Die Weihnachtszeit wird also wieder mal hart. Die denkbar blödeste Zeit für Singles. Ich werde mich einfach daheim eingraben und erst wieder rauskommen, wenn das neue Jahr da ist. Ok, ich muss zur Arbeit, aber ansonsten mache ich nichts, halte einfach still und lasse das über mich ergehen. Das Weihnachtsessen mit meiner Familie steht zwar an, was auch hart wird, weil ich mal wieder alleine komme, aber auch das bring ich irgendwie hinter mich. Schade eigentlich, dass es im Moment so wenig gibt auf das ich mich freuen kann. Das muss sich ändern. Und das wird vielleicht mein Vorsatz fürs neue Jahr – mehr Freude in meinem Leben. Das muss ich nur mit der Panik abstimmen, die mir so oft einen Strich durch die Rechnung macht, weswegen ich mich kaum noch traue mich zu verabreden, weil ich so oft schon absagen musste. Meine Freunde wissen inzwischen Bescheid und haben viel Verständnis. Trotzdem mache ich das nicht gerne, weil ich sie auch immer ein bisschen enttäusche. Ich würde gerne einfach wieder funktionieren, so wie ich es die ganzen Jahre getan habe. Aber dafür bin ich einfach zu unglücklich. Mein Herz ist einsam. Meine Gedanken sind sehnsuchtsvoll. Meine Gefühle spielen verrückt. Kein schöner Zustand. Wie gesagt, das Motto fürs neue Jahr ist: Make Anna happy again. Meine Mission. Meine Aussicht auf ein schöneres Leben, mit weniger Angst, Angst vor der Angst und vor allem – Nichtraucher. Wenn ich anderswo Halt finde, brauche ich auch das nicht mehr. Das ist zumindest meine Hoffnung. Ein Freund meinte zu mir: Du rauchst bestimmt nur, bis was Besseres kommt. Und da gebe ich ihm Recht. Ich möchte jemanden kennen lernen, der nicht raucht sondern das Rauchen verteufelt. Jemanden, der mich sieht und schätzt und mir ein gutes Gefühl gibt. Einen Gentleman zum verlieben, auch wenn das kitschig klingt. Aber danach suche ich im Grunde. Keine halben Sachen, keine Affäre. Ich brauche jemanden, der mit seinen Gefühlen im Einklang lebt und etwas Echtes sucht. Keinen verkorksten Typen, der nicht mal weiß was er eigentlich tut. Das ist schwer zu finden in meinem Alter. Die Männer haben entweder eine lange Beziehung hinter sich und erstmal keine Lust, sich das wieder anzutun, weil sie schlechte Erfahrungen gesammelt haben. Oder sie sind Dauersingle und beziehungsunfähig. Es gibt bestimmt noch andere Exemplare, aber die lerne ich irgendwie nicht kennen. Was ich suche ist jemand, der sich vielleicht die letzten Jahre sehr auf seine Karriere konzentriert und keine Zeit für eine Bindung hatte, das jetzt aber ändern möchte. Darin kann ich meine Hoffnung setzen. Vielleicht finde ich so jemanden.

26

Scheiß Weihnachten. Überall verbreiten sie Liebe. Nur mein Herz wird davon nicht ergriffen. Nicht mal wenn mein Lieblingsweihnachtslied im Radio läuft. Ok, vielleicht ein bisschen, aber nicht so wie ich es mir wünschen würde. Scheiß Singeldasein. Ich esse und rauche aus Frust, was mich nur noch unglücklicher macht. 2018 war ein wirklich beschissenes Jahr. Wenn ich mal Bilanz ziehe, hatte ich – und darüber habe ich eine Statistik geführt – pro Monat um die 17 Panikattacken. Das komplette Jahr durch, angefangen im Dezember 2017. Ich war zwar nicht tatsächlich krank, hatte also keinen Rückfall in eine Depression, aber gefühlt sind diese Panikattacken fast genauso schlimm. Und kein Ende in Sicht. Nicht nur, dass sie unaushaltbar sind, sie schlauchen auch total und machen einen mächtig k.o. So dass ich kaum Energie für irgendwas habe. Ich schleppe mich zur Arbeit, schon morgens mit Angstgedanken im Hinterkopf und schleppe mich, in letzter Zeit immer öfter, mit einer vollen Panikattacke nach Hause. Dort nehme ich ein Beruhigungsmittel, mache Entspannungsübungen, zähle bis 400 und dann bin ich ruhig. Aber oft kommt die Panik nach ein paar Stunden wieder, was ich noch nicht mal in die Statistik aufgenommen habe. Ich bin dem so gnadenlos ausgeliefert, das es erschreckend ist. Der Therapeut den ich aufgesucht habe meinte, dass man mit Sport gut dagegen ankommen kann. Aber man muss es erstmal schaffen zum Sport zu kommen. Da ich ständig diese Attacken habe, komme ich gar nicht dazu. Und mit einer ausgewachsenen Panik zum Sport zu fahren ist keine Option. Das wäre überaus qualvoll. Alles was ich schaffe sind gelegentliche Spaziergänge. Immerhin. Aber ob mich das groß weiterbringt weiß ich nicht. Ich habe nicht das Gefühl. Trotzdem ziehe ich das durch, weil ich mich sonst viel zu wenig bewegen würde. Inwieweit das Rauchen die Panik begünstigt weiß ich nicht. Aber ich habe das Gefühl, dass sie weniger werden würde. Nur so eine Ahnung. Als ich mal eine Woche nicht geraucht habe ging es mir wirklich gut. Ich hatte zwar noch Attacken, aber nicht das ständige Gefühl, dass gleich eine kommt. Was schon mal viel wert ist. Aber wenn ich jetzt damit aufhöre, verliere ich allen Halt. Das ist mein Rettungsanker, so blöd es klingt. Alles psychisch. Nichts zu machen. Ich stecke in einem Sumpf, nur mein Kopf guckt noch raus und hält sich irgendwie oben. Der Rest von mir ist total versackt. Ich schwimme und schwimme und bewege mich doch nicht. Es ist, als wollte mich ein Sog nach unten ziehen und ich muss all meine Kraft aufbringen um nicht unterzugehen. Und das jeden Tag den ganzen Tag. Seit über einem Jahr. Ich bin einfach nur fertig. Mit mir und mit der

Welt im Allgemeinen. Ich will einfach nur, dass das endlich aufhört.

27

Neues Jahr, neues Glück? Mal sehen. Ich hab auf Tinder jemanden kennen gelernt, der mich interessieren könnte. Er heißt Benjamin und ist nur für ein paar Tage in der Stadt, wohnt eigentlich in New York. Fernbeziehungen sind nicht so mein Ding, aber er ist wirklich interessant und wir haben beim Schreiben schon richtig gute Chemie. Er ist Anwalt und reist für sein Leben gerne durch die Welt. Er sagt, er kann von überall aus arbeiten, was schon mal vielversprechend ist.

Wir haben am Freitag gematcht und am Sonntag wollen wir uns treffen. Normalerweise schreibe ich etwas länger mit den Herren, aber ich will ihn auf jeden Fall kennen lernen bevor er wieder abreist. Und vielleicht ist es auch gut so, gleich die Realität zu sehen und sich nicht lange Wunschvorstellungen hinzugeben.

Ich hoffe nur, dass er nicht enttäuscht ist. Ich bin etwas dicker als auf meinen Fotos. Das könnte ihn abtörnen. Den anderen gegenüber habe ich das immer erwähnt, aber bei ihm möchte ich das irgendwie nicht. Ich traue mich nicht. Ich werde einfach mein bestes, kaschierendes Outfit anziehen und mich schön schminken, dann findet er mich vielleicht gut. Und wenn nicht, dann eben nicht.

Das Date ist vorbei, ziemlich schnell sogar, nach nur einer halben Stunde. Aber nicht weil es nicht gut war, sondern weil mir eine Füllung rausgefallen ist und ich zur Zahnklinik muss. Es ist der Zahn, an dem vor einer Woche eine Wurzelbehandlung durchgeführt wurde. Dass das jetzt offen liegt kann nicht gut sein. Bei jedem anderen Zahn hätte ich gewartet.

Er sah etwas älter aus als auf seinen Fotos. Aber das ist schon ok. Er ist nicht groß, aber größer als ich und das ist auch ok. Er ist Franzose, das wusste ich nicht. Hat also keinen coolen New Yorker Dialekt sondern einen ziemlich starken französischen Akzent. Daran muss ich mich gewöhnen. Aber das ausschlaggebende und alles entscheidende ist, dass ich mich mit ihm wohl gefühlt habe. Ich war auch ein wenig angespannt, was ganz normal ist, aber wir konnten uns gut und locker unterhalten. Ab und zu gab es mal eine Pause, in der wir uns nur angeschaut haben, weil keiner wusste was zu sagen war. Aber das war auch ok. Ich mag seine Augen, auch wenn sie hinter einer dicken Brille versteckt sind, was ich auch vorher nicht wusste. Ich denke wir sind quitt. Er hat Makel, ich habe Makel. Das sollte nicht im Weg sein, denn die Chemie ist gut.

Normalerweise brauche ich eine längere Aufwärmphase wenn ich jemanden über das Internet kennen lerne. Eine Zeit, in der man sich an den Gedanken gewöhnen und sich auf die andere Person einstellen kann. Das fällt hier weg. Und die Tatsache, dass er mich geküsst hat, macht das nicht einfacher. Aber es war ein zärtlicher, zaghafter Kuss. Und er hat sich gut angefühlt, auch wenn es für mich zu früh passiert ist. Aber er reist morgen ab, viel Zeit war da nicht.

Mein erster Kuss nach anderthalb Jahren. Und es war ein guter. Süß auch, wie er mein Gesicht in seine Hände genommen und gestreichelt hat. Sehr zärtlich und leidenschaftlich, wenn auch nicht aufdringlich. Die Franzosen wissen wie es geht.

Nach dem Kuss war ich ein wenig durcheinander. Er wollte unbedingt meine Telefonnummer haben und sie ist mir nicht eingefallen. Also hat er mir seine gegeben und ich habe mich verabschiedet. Schade eigentlich, aber ich wollte auch weg und das alles erstmal verarbeiten.

28

Ich denke ich mag ihn wirklich. Wir schreiben uns, nicht sehr viel und ausführlich, aber wir haben Kontakt. Und ich hatte schon seit vier Tagen keine Panikattacke, das ist wirklich gut. Ich fühle mich nicht mehr so alleine, jetzt da es ihn da draußen gibt. Er findet mich schön und interessant. Das macht mich glücklich.

Ich habe keine Ahnung wann ich ihn wiedersehen werde. Vielleicht muss ich dafür nach New York reisen. Aber er verbringt auch viel Zeit in Europa, also wird es möglicherweise auch ein anderer Ort. Auf jeden Fall möchte ich ihn wiedersehen und wieder küssen.

Geraucht habe ich seit wir uns getroffen haben nicht mehr. Ich verspüre kein Bedürfnis dazu. Es ist, als hätte jemand meinem Körper eine Gehirnwäsche verpasst und alles Verlagen nach Zigaretten weggezaubert. Ich weiß nicht, ob das von Dauer ist, und wie es wird, sollte das mit mir und Benjamin nichts werden. Aber für den Moment ist es gut und ich freue mich darüber.

Ich habe mich krankschreiben lassen, weil ich auf der Arbeit immer häufiger Panikattacken bekommen habe. Das war schon bevor ich Benjamin getroffen habe. Jetzt bin ich also zu Hause. Meine Zeit verbringe ich mit lesen und Netflix und obwohl ich nicht durch Arbeit abgelenkt bin, rauche ich nicht. Ich habe das Gefühl, dass ich es endlich wirklich schaffen kann. Ich fühle mich nicht mehr als Raucher. Wenn ich Leute sehe die rauchen, habe ich Mitleid und denke mir, nein, für mich ist das nichts mehr. Ich hoffe es bleibt dabei.

So gehen die Tage ins Land und ich warte immer öfter auf Antwort von ihm. Er hat viel zu tun und ist nicht wirklich gut im Kontakt halten. Langsam denke ich, das wird nichts mit uns. Ich sehe ihn immer öfter online, aber er liest meine Nachrichten nicht. Das macht mich traurig. Ich übe mich in Geduld und versuche Verständnis zu haben, aber es fällt mir immer schwerer. Wenn ich ihn nicht anschreiben würde, würden wir den Kontakt verlieren, da bin ich mir sicher. Vielleicht lasse ich es mal darauf ankommen und gucke was passiert. Ob er mich vermissen würde oder es überhaupt merken würde, ich habe keine Ahnung.

29

Er hat mich bei Facebook geadded. Und ich habe seine Bilder angeguckt. Da ist etwas, was mich ein wenig verschreckt hat. Er hat erst seit ein paar Monaten Haare. Auf allen anderen Bildern hat er eine Glatze. Er trägt also ein Toupé. Das finde ich wirklich schräg. Ich mochte seine Haare und seine Frisur. Aber jetzt, da ich weiß, dass es nicht seine echten sind, bin ich enttäuscht. Welcher Vierzigjährige trägt bitte eine Perücke? Es steht ihm zwar besser als die Glatze, aber jetzt, da ich weiß, dass es nicht seine echten Haare sind, finde ich es nicht mehr gut. Gepaart mit der Tatsache, dass er mich immer öfter, wie ich denke, ignoriert, ist er für mich nicht mehr so interessant. Ich werde ihn nicht mehr kontaktieren und weiter bei Tinder nach meinem Glück suchen.

Ich fühle mich wieder allein und die Panikattacken kommen wieder öfter. Zumindest weiß ich jetzt, was sie abschwächt: eine Beziehung. Ein liebevoller, verständnisvoller Mann in meinem Leben, der mir gut tut, schafft Heilung. Und das suche ich. Keine Ahnung, ob ich das bei Tinder finden werde. Vielleicht muss ich mich dafür bei einer richtigen Partnervermittlung anmelden und zahlen. Aber an dem Punkt bin ich noch nicht. Ich versuche es erstmal weiter dort.

Ich bin schon so lange alleine, ich weiß gar nicht mehr wie es ist, wenn es jemanden gibt dem man wichtig ist, der für einen da ist, einen beschützen will, einem gut tun will. Benjamin hat mir einen kleinen Vorgeschmack gegeben und das mochte ich sehr. Aber er ist nicht der Richtige.

Ich fand es gut, dass er so erfolgreich war. Das war sexy. Aber die Nachteile die damit einhergehen finde ich nicht toll. Ich brauche jemanden, der in seinem Leben Platz für mich schafft. Jemanden, der Kontakt hält und mich an seinem Leben teilhaben lässt. Mich an sich ran lässt. Benjamin hat Mauern, durch die ich nicht durch komme. Vielleicht ist es die Distanz, vielleicht wäre es aber auch nicht anders, wenn wir in der gleichen Stadt wohnen würden. Er ist ein Workaholic und weiß glaube ich nicht, wie man richtig lebt. Ich war bis zu meinem ersten Burnout auch Workaholic und weiß, wie sich das anfühlt. Man versteckt sich hinter seiner Arbeit vor dem Leben. Und das will ich nicht mehr. Ich habe Lust aufs Leben. Möchte genießen und daran teilhaben. Und ich möchte mein Leben endlich mit jemandem teilen. Gemeinsame Erinnerungen schaffen. Den Weg gemeinsam gehen. Durch Dick und Dünn. Seite an Seite. In guten und in schlechten Zeiten. Heiraten muss ich nicht unbedingt, das ist nur stressig und teuer. Aber ich möchte noch Kinder haben, falls ich die Medikation tatsächlich absetzen kann irgendwann. Denn ich denke, ich wäre eine gute Mutter. Ich liebe Kinder und habe keine Angst vor Verantwortung. Ich kann mir nichts Schöneres vorstellen, als Kinder in die Welt zu setzen und sie aufwachsen zu sehen. Allerdings ist dieser Gedanke auch angstbehaftet. Was, wenn ich in der Schwangerschaft einen Rückfall erleide? Oder später, wenn die Kinder da sind. Davor habe ich so eine Heidenangst, das kann ich gar nicht in Worte fassen. Aber vielleicht würde die Mutterschaft mich auch davor schützen. Meine Schwester ist auch erkrankt und macht das prima. Sie hat zwei Kinder und alles ist gut. Warum soll das nicht auch bei mir der Fall sein? Ich wünsche es mir auf jeden Fall sehr. Und diese Frage muss ich für mich klären, bevor ich jemanden kennen lerne, da die Kinderfrage auf jeden Fall aufkommen wird. Ich möchte am liebsten mit jemandem zusammen kommen, der auch keine Kinder hat, mit dem ich das alles erleben kann und der das auch zum ersten Mal erlebt. Aber besser wäre es wahrscheinlich, wenn derjenige schon Kinder hat. Das würde auf jeden Fall den Druck rausnehmen.

Was auch immer passiert, ich werde versuchen positiv zu bleiben und mit offenen Augen und einem offenen Herzen durch die Welt gehen.

30

Ich mache schon seit einer Woche jeden zweiten Tag Sport im Fitnessstudio. Mein Therapeut sagt, dass ist die halbe Miete im Kampf gegen die Panik. Ich merke davon noch nicht viel, aber das dauert sicherlich seine Zeit. Ich erwarte keine Wunderheilung. Er hat mir genau erklärt, was in meinem Körper passiert wenn ich eine Panik habe – oder Aufregungszustand, wie er es nennt. Mein Körper stößt Adrenalin aus, weil mein Gehirn Gefahr meldet. Das können Kleinigkeiten sein – ein blöder Kommentar von jemandem dessen Meinung mir wichtig ist, ein äußerer Reiz, oder auch ein innerer. Ein Gedanke, eine Befürchtung oder Wut. Wut auf andere, Wut auf mich selbst. Dann fängt der Körper an, sich anzuspannen, sich für die Flucht oder den Kampf bereit zu machen. Die Muskeln werden mit Energie versorgt. Man fängt an zu schwitzen, der Herzschlag beschleunigt sich. Alles ist auf Alarm. Was ich dann tun soll, um mich umzuprogrammieren, ist mir einfach zu sagen: Nein! Das ist eine Überreaktion, es ist nichts Schlimmes. Nichts kann passieren.

Das versuche ich. Aber es braucht Übung. Bisher hatte ich erst ein Mal die Gelegenheit zu üben und das hat noch nicht so gut geklappt. Aber ich bleibe am Ball!

In letzter Zeit habe ich immer öfter wegen dem Rauchen Panik. Nicht, weil ich aufhören will und es vermissen werde, sondern, weil ich rauche und ich deswegen von mir enttäuscht bin. Und ja, auch ein bisschen wütend auf mich bin. Fast jedes Mal, wenn ich mich traue mir eine anzuzünden, bekomme ich Panik. Dann frage ich mich jedes Mal, ist es das wert? Die Antwort in solchen Situationen lautet immer Nein; und ich schwöre jedes Mal hoch und heilig, dass ich nie wieder welche kaufen werde und die Packung landet im Müll. Aber dann legt sich wieder ein Schalter um, wenn ich mich beruhigt habe, die Panik ist vergessen und ich zünde mir eine an. Dumm! Könnte man meinen. Ich gebe der Sucht die Schuld. Natürlich trage ich auch meinen Anteil an Verantwortung, das will ich gar nicht leugnen. Nein, nicht einen Teil, ich trage die volle Verantwortung. Das ist so. Mein Belohnungsmechanismus im Gehirn muss umtrainiert werden. Ich darf die Zigaretten nicht mehr als Belohnung ansehen. Ich muss mich für das Nicht-Rauchen belohnen. Und ich weiß auch schon wie. Ich werde alles Geld das ich spare in die Hand nehmen und mir ein Flugticket nach Los Angeles kaufen, um meinen Lieblings-Comedian Matt Di Angelo endlich mal live zu sehen. Das ist ein Traum von mir. Bisher habe ich nur seine Netflix-Specials gesehen. Aber die sind so unglaublich witzig, dass ich einfach weiß – live ist er eine Granate! Und das will ich mal miterleben.

31

Es ist etwas sehr Schlimmes passiert. Ein guter Freund von mir hat seinen Lebenspartner verloren. Ich kann das noch gar nicht glauben. Er war erst 37.

Soweit mein Freund darüber reden konnte, hat er mir erklärt, dass er ein paar Tage Magen-Darm-Beschwerden hatte und als die schlimmer würden, eines Morgens ins Krankenhaus eingeliefert wurde. Dort wurde festgestellt, dass seine Blutwerte katastrophal waren. Die Ärzte waren ratlos und am Nachmittag des gleichen Tages ist er verstorben. Ein totaler Schock für alle die ihn kannten. Er war eine so coole Frohnatur, ein warmherziger, authentischer Mensch und wird von vielen Leuten schmerzlich vermisst werden. Er war jemand, den man auf Anhieb mochte.

Bis zur angeordneten Obduktion waren alle ratlos. Die Ergebnisse lieferten dann die Erklärung, dass er eine seltene Blutkrankheit hatte, die tödlich verläuft. Man hätte nichts machen können. Das gab meinem Freund ein bisschen Frieden. Und die Tatsache, dass er sein Leben bis zum Ende genossen hat und nicht lange leiden musste. Aber, eins sei angemerkt: Er war Raucher. Was den Verlauf seiner Krankheit nicht gerade begünstigt hat. Ok, das war's jetzt für mich. Ich bin raus. Raus aus dem Raucherhamsterrad. Schluss! Finito. Ich habe noch drei Zigaretten. Diese werde ich in einem feierlichen Ritual zerbröseln und in den Müll schmeißen. Eine kleine Beerdigung. Für meine kleinen Feinde, die Kippen. Ich nehme Abschied. Für immer. Nie wieder knapp bei Kasse sein, weil ich es mal wieder nicht lassen konnte. Nie wieder Kurzatmigkeit, nie wieder husten. Nie wieder schlaflose Nächte, weil das Nikotin wie wild durch meinen Körper schießt. Und vor allen Dingen: Nie wieder Panik wegen dem Rauchen!

Gesunde Ernährung, Bewegung – das ist ab jetzt an der Tagesordnung. Ich will alt werden.

32

Ich bin sauer! Auf den Erfinder der Zigarette. Wer ist nur jemals auf so eine bescheuerte Idee gekommen? Ohne ihn hätte ich keine Probleme. Vielleicht andere Probleme, keine Ahnung, welches Laster mich befallen hätte. Aber ohne diese Entdeckung würde es mir heute sicherlich besser gehen. Auf jeden Fall wäre ich nicht so down. Klar, ich habe mich entschieden und werde das durchziehen. Dieses Mal auf jeden Fall. Ich wünschte nur ich würde es nicht so schmerzlich vermissen.

Ablenkung ist angesagt. Ich habe mir vorgenommen, jedes Mal wenn ich das Bedürfnis nach Nikotin verspüre, Sport zu machen. Ein paar Muskelübungen, ein bisschen auf der Stelle joggen, sowas. Und ich werde versuchen, kein Bargeld zu Hause zu haben, damit ich mich nicht zum Kiosk schleichen kann, falls ich schwach werde. Ich will und werde das durchziehen, komme was da wolle. Ich fühle mich stark und schwach zugleich. Vielleicht ein bisschen mehr Stärke als Schwäche. Das wird noch mehr werden, mit jedem vergangenen Tag. Ich werde stolzer und stärker werden und das ein für alle Mal hinter mir lassen. Ich habe es ja schon mal sieben Jahre lang geschafft. Warum sollte es also nicht wieder klappen? Und diesmal für immer!

Ich werde die nächsten Tage nicht rausgehen. Wenn ich das tun würde und Leute rauchen sähe, würde ich möglicherweise denken: Was denn, es ist doch nichts Schlimmes, die machen es ja auch. Aber das darf ich nicht zulassen. Ich werde schnell zum Supermarkt flitzen und alles nötige für die nächsten Tage besorgen, dann steht Isolation auf dem Programm.

Der Entzug ist hart. Körperlich hart. Ich schlafe fast nur, Tag und Nacht. Mein Körper ist total k.o. Und damit beschäftigt, das ganze Gift raus zu spülen. Nur zu, lieber Körper, gib dein Bestes.

Ich träume viel. Hauptsächlich von Matthias, meinem früheren Kollegen in Krankenhaus. Auch im wachen Zustand denke ich öfter an ihn. Er hat mir wirklich gefallen. Aber er ist 12 Jahre jünger als ich. Kann das klappen?

Ich habe ihn schon bei Facebook gesucht und gefunden. Mir gefällt sein Profilfoto. Er lächelt entspannt in die Kamera. Nichts Aufgesetztes oder Überkadiedeltes. Nichts erzwungen Lustiges. Er ist einfach er selbst. Ihn zu adden habe ich mich aber nicht getraut. Ich weiß nicht warum. Zu verlieren habe ich nicht viel. Wir sind keine Kollegen mehr, also wäre es, falls das schief geht, nicht so dramatisch. Aber der Altersunterschied stört mich sehr. Auch wenn man den nicht groß bemerkt. Noch. Vielleicht würde ich es bald merken. Wir gehören nicht der selben Generation an, sind nicht mit den gleichen Sachen groß geworden. Aber wir haben den gleichen Humor und ich sehe sein Gesicht wenn ich die Augen schließe. Reicht das nicht? Sollte es aber.

Ok, ich wage es. Ich adde ihn. Heute noch. Und schreibe einen kleinen Gruß. Wir haben uns jetzt zwei Monate nicht gesehen. Vielleicht ist das zu lange. Vielleicht habe ich zu lange gewartet. Möglicherweise ist er längst vergeben. Aber das Risiko nehme ich in Kauf. Und hoffe auf das Beste. Ich weiß nur, wenn das schief geht werde ich rauchen wollen. Und wenn es gut geht möglicherweise auch, denn er ist Raucher.

Mensch, ich mache mir viel zu viele Gedanken. Abwarten lautet die Devise. Ich gehe jetzt ins Fitnessstudio und bringe mich auf andere Gedanken. Wenn ich zurück komme habe ich vielleicht schon eine Nachricht von ihm.

Als ich mit dem Training durch und geduscht bin, schaue ich auf mein Handy. Er hat mich zurückgeadded, aber nicht geantwortet. Ich schaue auf sein Profil und sehe ein Foto mit einer jungen Frau. Eine ehemalige Kollegin aus dem Krankenhaus. Sein Status lautet: in einer Beziehung. Scheiße!

Okay, damit musste ich rechnen. Es ist vielleicht besser so. Er ist eh zu jung für mich. Ich möchte bald Kinder, meine Uhr tickt sehr laut, und er ist definitiv noch nicht reif für so eine Lebensveränderung.

Meine andere Befürchtung wird ebenfalls wahr – ich möchte rauchen. Da ich gerade Sport gemacht habe kommt das als Ablenkung nicht in Frage. Soll ich mir ein Bier am Kiosk holen? Als kleinen Trost? Es ist erst drei Uhr nachmittags. Gehe ich jetzt etwa unter die Alkoholiker? Nein, da muss ich jetzt einfach durch. Ich lege mich in mein Bett, ziehe die Decke über den Kopf und schlafe ein. Traumloser Schlaf, wohl das Beste im Moment.

Als ich aufwache ist es draußen schon dunkel. Ich mache mir etwas zu Essen und gucke fern. Was läuft ist mir eigentlich egal, solange es nur Geräusche macht. Ich habe gerade gar keine Lust allein zu sein. Vielleicht sollte ich ausgehen.

Ich ziehe mir etwas Schickes an, trage Makeup auf und überlege, wohin ich gehen soll. Ich war ewig nicht mehr in einer Disko und weiß nicht, was gut ist hier in der Stadt. Ich entscheide mich also für einen Laden der früher gut war und hoffe, dass es ihn noch gibt.

Für zehn Euro Eintritt bin ich drin. Ich werde ein bisschen euphorisch, die vielen Leute, die coole Musik – das macht mich happy.

Ich gehe direkt zur Tanzfläche, einen Drink brauche ich nicht. Ich tanze mir die Seele aus dem Leib. Dass ich beobachtet werde stört mich nicht. Ich bin Teil der Masse, gehe darin unter. Verschmelze mit ihr.

Ein Typ baggert mich an. Doch das blocke ich ab. Ich will gerade einfach nur tanzen, nicht reden und schon gar nicht flirten. Seltsam, ich dachte eigentlich, deswegen bin ich hier. Aber anscheinend nicht.

Ich tanze bis zur Erschöpfung. Dann gehe ich zur Bar und bestelle ein Wasser. Ziemlich uncool, vielleicht. Aber heute Abend brauche ich keinen Alkohol. Ich bin auch so high.

Das sollte ich wieder öfter machen, nehme ich mir vor. Das nächste Mal am besten mit Freunden, das verdoppelt den Spaß.

Nach zwei weiteren Stunden tanzen habe ich genug und mache mich auf den Nachhauseweg.

Glücklich und erschöpft falle ich in mein Bett. Nun habe ich bestimmt schon vier Stunden nicht ans Rauchen gedacht. Super!

Wenn man den dritten Tag überstanden hat, wird es einfacher. Ich habe ihn überstanden und es stimmt. Ich baue langsam wieder eine Hemmschwelle auf, die es mir erschwert, Zigaretten zu kaufen.

Hätte ich noch welche hier, würde ich sie wahrscheinlich rauchen. Aber das Kaufen allein wird mir zum Hemmnis. Und das ist gut so.

Ich sehe Kippen nicht mehr als Hilfsmittel oder Auszeit, sondern als Fehlentscheidung. Jede einzelne. Möchte ich wirklich zehn bis fünfzehn Fehlentscheidungen pro Tag treffen? Kann ich das mit meinem Ego vereinbaren? Ich glaube nicht.

Meine Denkweise hat sich grundlegend geändert und das nach nur so kurzer Zeit. Aber wenn ich bedenke, was dafür erst passieren musste, ist das schon erschreckend.

Ich mache mir Frühstück, esse, dann lege ich mich wieder ins Bett. Die Nacht war zu kurz, ich brauche mehr Schlaf.

Will man etwas zu sehr, kann man sich gleich darauf einstellen, dass man es nicht bekommen wird. Auch wenn ich gestern nicht in Flirtstimmung war – in der Disko lernt man eh nicht den Mann fürs Leben kennen – so wünsche ich mir doch eine Beziehung. Ich bin Ende dreißig. Wenn ich noch Kinder möchte, muss ich mich ranhalten. Ich habe wahnsinnige Angst davor, allein zu enden. Die guten Männer sind sicher schon vergeben, haben Familie und sind unerreichbar.

Über diese Gedanken entwickelt sich wieder eine Panikattacke. Ja, die habe ich immer noch. Trotz Sport und meinem neuen Therapeuten. Zu ihm zu gehen hat mir noch nicht viel geholfen. Er meint, ich solle meine Einstellung zu der Panik ändern. Sie nicht mehr als etwas Bedrohliches ansehen, vor dem ich Angst habe, sondern sie annehmen. Zu sagen: Hey Panik, willkommen in meinem Kopf. Du kannst gerne bleiben, das macht mir nichts aus. Ich soll sie sehen wie eine Achterbahnfahrt und versuchen, sie zu genießen. Wenn auch nicht das Angstgefühl, so zumindest das Adrenalin das ausgeschüttet wird. Ich soll einfach meine Denkweise ändern. Das erfordert Mut, meint er, aber er traut es mir zu. Und es ist eine Frage der Übung. Wenn ich es oft genug mache, wird die Panik irgendwann zu einem Nebengeräusch, das ich ignorieren kann. Ich habe diese Herangehensweise schon zwei Mal ausprobiert. Es war ungewohnt und die Panik ist geblieben, aber sie hat sich zumindest nicht mehr so hochgesteigert. Das werte ich schon als einen kleinen Erfolg.

Soll ich es mal bei einer Partnervermittlung versuchen? Ich überlege es mir und entscheide mich dagegen. Das echte Leben ist Trumpf und so verzweifelt bin ich dann doch noch nicht. Klar, es kann klappen. Ich habe einige Bekannte die darauf schwören. Aber für mich ist es nicht das Richtige. Liebe entsteht bei mir nicht im Kopf sondern im Bauch. Und das ganze Online-Dating ist mir zu kopflastig.

Ich werde wohl auch hier meine Einstellung ändern müssen. Werde mir sagen: Nein, ich bin zufrieden. Ich möchte gerne Single bleiben und auf keinen Fall jemanden kennen lernen. Vielleicht hilft das. Die Überlistung des Unterbewusstseins.

Da die Panik nicht von selbst weggehen möchte nehme ich ein Beruhigungsmittel und lege mich ins Bett. Morgen ist ein neuer, hoffentlich besserer Tag.

Am nächsten Morgen erwache ich erschöpft. Die Panik und das Mittel zu deren Bekämpfung machen das mit mir.

Um mich aufzuheitern beschließe ich, mich mal zu wiegen. Ich habe das Gefühl, abgenommen zu haben. Der Verzicht auf Schokolade und all der Sport haben offensichtlich Wirkung gezeigt.

Und siehe da – ich habe sieben Kilo abgenommen. Ich freue mich riesig! Jetzt wiege ich noch 76 Kilo und bin nicht mehr adipös. Yippi!

Ich möchte gerne noch 16 Kilo verlieren und rechne mir gute Chancen aus. Zur Belohnung mache ich das, was ich schon so lange vorhabe: Ich kaufe ein VIP-Ticket für die Show meines Lieblingscomedians in Los Angeles. Ich möchte ihn unbedingt treffen und ihm danken, dass er mich durch ein totales Tief befördert hat. Ohne seinen Humor hätte ich längst aufgegeben. Aber er gibt mir Hoffnung und heitert mich auf. Das wollte ich ihm mal persönlich sagen. Klingt vielleicht bescheuert, aber es ist mir ein großes Bedürfnis.

Wo ich schon dabei bin buche ich auch gleich den dazugehörigen Flug. Die Show ist in knapp drei Monaten. Mein Ziel ist es, bis dahin gesund zu leben und noch weiter abzunehmen. Vielleicht gefalle ich ihm ja. Er mir auf jeden Fall. Aber ich mache mir keine allzu großen Hoffnungen. Wahrscheinlich ist er vergeben. So oder so, ich will, wenn ich in LA bin, attraktiv aussehen. Wie die meisten Leute die dort rumlaufen. Ich möchte nicht negativ auffallen.

Das wird viel Disziplin erfordern, aber ich denke ich kann sie aufbringen. Mit einem Ziel vor Augen sollte das leichter sein.

Dieser Tag wäre gerettet.

33

Ich habe angefangen Proteinshakes zu trinken. Zum einen, weil ich auf keinen Fall möchte, dass mein Diät haltender Körper Muskeln abbaut. Und zum anderen, weil das gut fürs Gewebe ist. Ich habe Cellulite – sogar an den Waden – und hoffe, sie damit loszuwerden. In LA möchte ich mich luftig kleiden. Da hat hässliches Gewebe nichts zu suchen.

Ich muss unbedingt weiter abnehmen. Bald ist Sommer und ich habe so viele Klamotten die mir nicht mehr passen, die ich aber unbedingt anziehen möchte.

Das Fitnessstudio wird mich wahrscheinlich noch öfter sehen. Es muss sich mehr tun. In drei Monaten möchte ich 16 Kilo verlieren. Das bedeutet, Einsatz zu zeigen, mich richtig reinzuhängen.

Manchmal, wenn ich so über das Leben nachdenke, fühle ich mich fremd, von mir entrückt. Ich bin nicht da wo ich sein möchte, deshalb erkenne ich mich nicht. Was mir dann hilft ist der Kontakt zu meinen Freunden. Doch ich sehe sie nicht ansatzweise so oft wie ich gerne würde oder wie es mir gut täte. Jeden von ihnen so ungefähr ein Mal im Monat oder alle sechs Wochen. Das reicht nicht. Aber solange ich regelmäßige Panikattacken habe kann ich daran nicht drehen. Außerdem haben meine Freunde alle Familie und sind anderweitig eingebunden. Da bleibt nicht viel Zeit für eine Loser-Single-Freundin. Obwohl sie das natürlich nie offen sagen. Sie sind gute Menschen. Vielleicht denken sie das nicht einmal. Aber ich bilde es mir zumindest ein. Und das tut weh. Wer etwas daran ändern kann? Nur ich allein. Ich werde es versuchen. Ich habe mich zumindest auf den Weg begeben. Jetzt muss ich nur noch ans Ziel gelangen.

Während ich mich in Gedanken verliere ist es morgen geworden. Ich kann nicht schlafen. Mal wieder nicht. Es kommt in letzter Zeit öfter vor, dass ich die Nacht zum Tag mache und umgedreht. Ich habe das Gefühl, an einem Scheideweg zu stehen und Entscheidungen treffen zu müssen. Und nachdenken kann ich am besten nachts. Das war schon immer so.

Leider habe ich mal irgendwo gelesen, dass man beim Nachtschlaf am besten Fett verbrennt, und den bekomme ich nicht. Also muss ich meine Gewohnheiten wohl wieder umstellen.

Weil ich nicht schlafen kann, gehe ich um fünf Uhr morgens joggen. Vielleicht klappt es wenn ich mich ausgepowert habe.

Die Morgenluft tut mir gut. Die Vögel zwitschern, es wird langsam hell. Ich bin der einzige Mensch weit und breit. Ich liebe es, die Stadt langsam aufwachen zu sehen. Straßenkehrmaschinen werden bald auftauchen. Die ersten Verkäufer, die ihre Läden aufmachen. Aber das dauert noch ein Weilchen. Momentan sind nur ich und die Bäcker auf.

Bei dem Gedanken bekomme ich Hunger – auf Käsebrötchen und Croissants. Aber leider gibt es niemanden, der mir das jetzt schon verkauft. Ich muss mich gedulden. Das habe ich inzwischen gelernt.

Früher war ich der ungeduldigste Mensch überhaupt. Ich habe alles in einem Affenzahn erledigt, ohne groß nachzudenken und habe mir selbst viel abverlangt. Mit anderen war ich geduldig, mit mir selbst kein Stück. Aber das Alter macht einen ruhiger. Ich sehe vieles lockerer und ein bisschen Warterei macht mir nicht mehr so viel aus. Das Schlimmste was passieren kann ist, dass ich einschlafe. Und das wäre ja sogar ziemlich gut.

Wenn ich an die Zukunft denke wird mir daher auch nicht mehr Angst und Bange. So sehr ich mir auch manchmal Sorgen mache, so denke ich doch, dass sich alles fügen wird. Ich glaube nicht an irgendeinen Gott. Aber ich glaube an das Universum, das uns irgendwie lenkt. Und ich glaube, für mich hält es noch einiges bereit. Ich muss nur, ja, was denn, ich muss geduldig sein. Und das habe ich ja inzwischen drauf.

Ich halte zwanzig Minuten durch, dann bin ich alle. Meine Beine brennen, meine Lunge auch. Zeit nach Hause zu gehen.

Leider hat der Lauf nicht die erhoffte Wirkung, er hat mich eher belebt. Ich liege noch zwei Stunden wach, dann werde ich endlich ins Land der Schlafenden aufgenommen.

Nur drei Stunden später sitze ich wieder aufrecht im Bett. Mein Handy klingelt. Ich habe es auf sehr laut gestellt, damit ich es auch höre wenn ich unterwegs bin. Das bereue ich jetzt.

Es ist meine Freundin Sandra und sie klingt sehr aufgebracht. Ihr Mann hatte einen Unfall beim Fußball und liegt mit einer Kopfverletzung im Krankenhaus. Er hat einen heftigen Tritt abbekommen und war ein paar Minuten bewusstlos.

Ich frage sie, ob sie Hilfe braucht, mit den Kindern zum Beispiel. Nein, alle sind versorgt, sie muss sich nur ein wenig die Sorgen von der Seele reden. Kein Problem. Ich schlage trotzdem vor, auch ins Krankenhaus zu kommen, um sie dort ein wenig zu unterstützen. Sie klingt erleichtert.

Obwohl ich alles andere als fit bin mache ich mich auf den Weg. Nach einer halben Stunde treffe ich ein. Sandra hat geweint, das sieht man sofort. Ich nehme sie fest in den Arm und verspreche ihr, dass alles gut wird.

„Er darf nie wieder Fußball spielen. Das ist ab jetzt verboten!" schluchzt sie.

Das kann ich nachvollziehen. Dies wäre auch mein erster Gedanke gewesen. „Komm, lass uns einen Kaffee trinken gehen, während er untersucht wird."

Sie willigt ein.

Wir sitzen schweigend da. Sie ist zu aufgebracht um zu reden und mir will einfach kein passendes Thema einfallen. Normalerweise bin ich gut in Notfallsituationen, aber ich hatte einfach nicht genug Schlaf.

Als wir zurück auf die Überwachungsstation kommen liegen die Ergebnisse vor. Marvin hat eine Gehirnblutung, aber nicht so schlimm, dass operiert werden muss. Es ist ein Schock und eine Erleichterung zugleich. Er braucht jetzt Ruhe. Wir können nicht viel ausrichten. Der Arzt rät uns, nach Hause zu fahren und morgen wiederzukommen.

Sandra und ich setzen uns in ihr Auto und ich fahre sie nach Hause. Sie selbst ist zu aufgebracht.

Was so ein Hobby einem alles einbrocken kann, denke ich während der Fahrt. Da bin ich fast froh, dass ich keines habe. Im Fitnessstudio kann einem sowas nicht passieren.

Ich frage Sandra, ob ich sie allein lassen kann. Ich muss dringend wieder ins Bett. Sie scheint sich ein wenig beruhigt zu haben, also geht das in Ordnung. Ich mache mich auf den Nachhauseweg und lege mich sofort wieder schlafen. Trotz der Aufregung klappt das.

Als ich wieder aufwache ist es Abend. Morgen muss ich wieder zur Arbeit – ich hoffe, dass ich in der Nacht auch noch schlafen werde. Beim Gedanken an die Arbeit hab ich jetzt schon keine Lust. Es ist wirklich nicht spaßig, vier Stunden am Stück Beschwerde-Mails zu beantworten. Manchmal sind auch Drohungen dabei. Aber es hilft nichts. Besser als arbeitslos zu sein. Ich werde mich trotzdem weiter umschauen, das kann nicht schaden. Das Gute ist jedoch, dass ich vormittags arbeiten kann.

Das wäre nicht bei jedem Job garantiert. Die Panik kommt meist nachmittags oder abends, also hab ich damit selten Probleme. In der Gastro zum Beispiel könnte ich nicht mehr arbeiten, obwohl mir das richtig viel Spaß gemacht hat. Vielleicht irgendwann mal wieder.

Ich mache mir einen Proteinshake und rufe Sandra an. Es gibt nichts Neues, aber sie freut sich, dass ich mich melde. Das ist für mich Ehrensache. Für meine Freunde da zu sein ist ganz selbstverständlich. Auch wenn ich wegen Panik ab und zu mal absagen muss. Aber wenn es drauf ankommt bin ich da!

Da ich die Woche über arbeiten muss, kann ich ihr nicht anbieten auf die Kinder aufzupassen oder mit ins Krankenhaus zu kommen. Aber ich versichere ihr, dass sie mich jeder Zeit anrufen kann. Sie bedankt sich, was nicht nötig ist.

34

Die Arbeitswoche habe ich überstanden – zum Glück. Jetzt kann ich wieder in meinem eigenen Rhythmus leben. Es ist Freitag nachmittag. Was soll ich nur mit mir anstellen?

Ich rufe bei Sandra an. Marvin wurde heute aus dem Krankenhaus entlassen, auf seinen ausdrücklichen Wunsch hin. Er muss noch betreut werden, braucht auch Hilfe beim Gehen, aber das ist kein Problem, Sandra ist ja zu Hause. Die Kinder sind für zwei Wochen bei den Großeltern, damit sie ihren Vater nicht so sehen müssen.

Alles ist geregelt. Ich bin erleichtert. Auch wenn ich Sandra garantiert habe, dass alles gut würde, habe ich mir heimlich riesige Sorgen gemacht. Dass das jetzt nicht mehr nötig ist macht mich froh.

Ich bin jetzt eine Woche rauchfrei. Darauf bin ich stolz. Ich habe immer wieder Lust darauf, sage mir aber, dass ich es nicht brauche und mache stattdessen Sport. Das klappt so ganz gut, nur wenn ich Panik habe wird das Rauchen für mich unwiderstehlich. Deshalb habe ich mir eine Liste gemacht – 13 Gründe, warum ich nicht rauchen sollte. 1. Mir wird davon übel. 2. Ich kriege schlechter Luft. 3. Ich bekomme Durchfall. 4. Es schürt die Panik. 5. Ich fühle mich körperlich schlapp. 6. Ich bekomme ein komisches Kribbeln im Kopf. 7. Es ist teuer! 8. Es schadet mir. 9. Ich habe eine miserable Kondition. 10. Es macht mich faul und träge. 11. Es macht mich zu einem Assi. 12. Es stinkt/ich stinke. 13. Ich bekomme verstopfte Nasennebenhöhlen.

Das sind 13 gute Gründe nicht zu rauchen. Der lächerliche Grund ‚Ich will aber' steht dazu in keinem Verhältnis.

Ich brauche das Rauchen nicht wirklich. Auch nicht während einer Panikattacke. Ich denke zwar, dass ich ohne nichts mit mir anfangen kann um die Zeit totzuschlagen bis ich mich beruhige. Aber ich habe dann an auch anderes zu tun. Ich kann in meinem Kopf Achterbahn spielen – und so das Adrenalin genießen, ich kann Nextflix schauen oder lesen. Ich kann, bis zu einem gewissen Punkt, an dem ich mir sage, dass ich mich jetzt wirklich gerne beruhigen würde, alles machen. Alles, was mich nicht aufbringt oder mir Angst macht. Ein schöner Frauenroman, eine Comedy Serie, all das geht. Und das macht mich froh. Schon bald habe ich das sicher soweit im Griff, dass die Panik zwar noch kommt, wahrscheinlich genauso oft wie jetzt, aber dass ich sie ganz schnell wieder abschütteln kann. Und sie dann auch weg bleibt. Das ist der Traum und das ist das Ziel. Ich werde hart daran arbeiten müssen, aber ich habe den Mut den es braucht. Ich kann und will das schaffen!

Manchmal wünschte ich, ich hätte ein anderes Leben. Weniger Sorgen, mehr Beständigkeit. Mehr Freiheit. Mein Leben ist nicht nur mies, das will ich damit gar nicht sagen. Es könnte sehr viel schlimmer sein. Aber es gibt Tage, da würde ich am liebsten alles hinschmeißen und irgendwo neu anfangen. Allerdings wäre ich immer noch die Selbe und es würde wahrscheinlich alles wieder so werden wie es jetzt ist.

Ich schaue mir oft diese Auswanderersendungen an. Die fliegen immer mit viel Optimismus in irgendein Land und erwarten riesige Veränderungen. Wenn diese dann nicht eintreten sind sie total enttäuscht. Aber was soll man auch erwarten? Man nimmt ja schließlich immer sich selbst mit. Wenn man sein Leben schon einmal in den Sand gesetzt hat, besteht eine große Chance, dass das wieder passiert. Sie sind dann immer ganz überrascht. Aber in den meisten Fällen ist das einfach vorprogrammiert.

Nein, so will ich nicht werden und das wünsche ich mir nicht für mich. Ich will hier ein besseres Leben aufbauen. Und wenn ich die Panik erstmal im Griff habe, steht dem auch nichts mehr im Wege. Dann kann ich endlich wieder Verabredungen genießen – zu jeder Tageszeit, ohne die ständige Angst im Nacken. Dann könnte ich auch wieder verreisen, so wie ich es früher oft gemacht habe. Ich vermisse das so sehr, ich kann es gar nicht in Worte fassen. Dann hätte ich die Freiheit, die mir jetzt abgeht.

Aber noch ist die Angst präsent. Sie sperrt mich in ein Verlies, aus dem ich nicht rauskomme. Noch nicht. Aber irgendwann wird das klappen. Ich werde alles dafür geben.

Die meisten meiner Freunde sind verheiratet. Oder zumindest vergeben. In meinem engeren Freundeskreis bin ich die einzige die solo ist. Man könnte sagen, ich verschwende meine besten Jahre. Und wenn ich nicht bald jemanden kennen lerne, besteht für mich keine Chance mehr, eine Familie zu gründen. Aber will ich das überhaupt? Ich mag Kinder, keine Frage. Ich bin Tante und liebe meine beiden Äffchen über alles. Aber eigene Kinder? Ich weiß nicht. Ich habe großen Respekt vor dieser Verantwortung. Man kann nicht einfach – wie bei einem Job der einem nicht gefällt – kündigen. Das ist eine Verantwortung auf Lebenszeit. Und man kann dabei so viel falsch machen.

Ich glaube zwar, ich wäre eine gute Mutter, denn ich komme super mit Kindern klar, sie mögen mich auch. Und ich habe sehr viel Liebe in mir, die nur darauf wartet von jemandem in Empfang genommen zu werden. Aber wie gesagt, wenn man diesen Schritt erstmal gegangen ist, gibt es kein Zurück. Davor hab ich Schiss. Der Gedanke, dass man vielleicht gar nicht raus will scheint mir manchmal unmöglich. Man schläft nicht, muss ständig aufpassen, muss später Streits schlichten, muss sich um alles kümmern und sich selbst total in den Hintergrund stellen. Letzteres würde mir am wenigsten ausmachen, ich bin kein Egomane. Aber die anderen Sachen sind ernst. Was, wenn ich nach ein paar Monaten völlig fertig bin und nicht mehr kann? Dann würde mein Kind, im schlimmsten Fall, zu einer Pflegefamilie kommen. Und das wäre das Ende. Damit würde ich auch überhaupt nicht klar kommen. Also lieber kein Nachwuchs und nur Tante sein? Vielleicht. Dennoch, irgendwie trage ich einen Kinderwunsch in mir. Noch habe ich ein paar Jahre Zeit zu überlegen. Aber ich glaube, wenn ich schon Mitte vierzig wäre und der Zug abgefahren, ohne Kinder, dann wäre ich sehr traurig. Mit Kindern macht alles irgendwie ein bisschen mehr Sinn. Ans Alter darf man gar nicht denken. Wer soll einen dann im Altenheim besuchen?

Außerdem finde ich Kinderkriegen auch irgendwie spannend. Zu sehen, wie die Kinder aussehen, wem sie ähneln, was sie für Persönlichkeiten werden, was mal aus ihnen wird. Das alles hätte ich dann nicht. Und das wäre doch sehr schade.

Ich versuche, mir da keinen Druck zu machen. Ich habe bestimmt noch um die vier gebärfähige Jahre. Ein Kind sollte mindestens drin sein, wenn ich es möchte. Aber erstmal gilt es natürlich, einen Mann zu finden. Jedoch möchte ich das momentan gar nicht. Ich bin nicht auf der Suche. Wenn es sich ergibt, okay. Wenn nicht, auch nicht schlimm. Es gibt niemanden auf den ich ein Auge geworfen habe. Niemanden, der mir Avancen macht. Alles ziemlich unaufregend. Aber so war es bei einer meiner Freundinnen auch. Sie war so absolut mit ihrem Singlestatus zufrieden, dass sie keinerlei Verzweiflung ausgestrahlt hat und somit für Männer extrem attraktiv war. So hat sie jemanden kennen gelernt – ohne es zu wollen. Er musste sie dann von sich überzeugen, so wie es sein sollte. Er musste sich ein wenig anstrengen. Sein Bemühen hat sie dann letztendlich überzeugt.

Das wünsche ich mir auch. Jemanden, der sich um mich bemüht, meinen Wert erkennt und zu schätzen weiß. Jemand, der mich einfach toll findet und den ich auch toll finde. Ich bin kein Fan von lauwarmen Beziehungen, bei denen man nur zusammen kommt, weil man nicht gerne alleine ist. Es muss große Liebe und viel Anziehung im Spiel sein, für was anderes bin ich nicht zu haben. Bin ich zu anspruchsvoll? Vielleicht. Aber das ist nun eben so. Dagegen bin ich machtlos.

Manche Leute sagen vielleicht, die große Liebe gibt es nicht. Man tut sich einfach mit jemandem zusammen, der akzeptabel ist und dann lebt man damit. Die Liebe wird dann schon irgendwann erblühen. Aber eben so wenig wie ich an arrangierte Ehen glaube, glaube ich die Rechtfertigungen die damit einhergehen. Bei mir muss es knallen, und danach muss man gemeinsam die Ruhe genießen können. Alles andere ist für mich Zeitverschwendung und unnötiger Stress. Da bleibe ich wirklich lieber allein.

Da Wochenende ist und ich mir schon länger nichts mehr gegönnt habe – weder Zigaretten noch Schokolade, gehe ich zum Bäcker und hole mir Kuchen. Das habe ich mir jetzt verdient.

Während ich ihn esse, rechne ich aus, wie viel Geld ich schon durchs Nichtrauchen gespart habe. Es sind immerhin 30 Euro. Ja, richtig, 30 Euro habe ich pro Woche ans Rauchen verschleudert. Echt erschreckend, nicht wahr? Wenn ich noch zwei Monate weiter spare, habe ich bald nachträglich den Flug nach LA zusammen. Okay, vielleicht nicht ganz, aber die Hälfte sollte es auf jeden Fall abdecken.

Manchmal frage ich mich, ob ich jetzt wirklich nie wieder rauchen werde. Die Antwort im Moment ist ganz klar Nein. Aber werde ich irgendwann wieder schwach? Noch bin ich nicht aus der Gefahrenzone raus. Die erste Woche ist zwar geschafft, aber es kann immer noch jeder Zeit schief gehen.

Ich werde abwarten und viel Geduld mit mir haben müssen. Ich muss mir einfach nur vorstellen ich wäre jemand anderes, den mit anderen habe ich massig Geduld.

35

Es sind heute genau drei Wochen rum. Und ich kann es mit Sicherheit sagen: Ich werde nie wieder rauchen.

Ich fühle mich energiegeladen, habe viel mehr Ausdauer, bin nicht mehr kurzatmig und habe schon eine Menge Geld gespart.

Rauchen ist einfach nur scheiße. Das habe ich ein für alle Mal begriffen. Auch wenn ich es manchmal noch ein klein wenig vermisse. Einfach nur das Ritual. Nicht den Geschmack und schon gar nicht das Gefühl in der Lunge. Aber es ist nur eine Frage der Zeit bis auch das weggeht. Da bin ich sicher. Ich habe endlich etwas verstanden. Ich darf mir nicht selbst schaden. Klar, ich war ein wenig selbstmörderisch drauf. Was anderes ist Rauchen nicht, außer Selbstmord auf Raten. Ich bin so froh, diesem Teufelskreis entwischt zu sein. Ich bin wieder an dem Punkt an dem ich mit 25 war, als ich das erste Mal aufgehört habe. Ich kann mir gar nicht mehr vorstellen zu rauchen. Es erscheint mir völlig absurd. Eine so bekloppte Idee, dass ich sie sofort aus meinem Kopf verbanne sobald sie auftaucht.

Ich habe es geschafft.

Zweiter Teil

1

Ich liege in der Sonne. Es sind gut und gerne 35 Grad, aber das macht mir nichts aus, solange ich mich nicht bewegen muss. Vor drei Tagen bin ich hier, in LA, angekommen und es war immer bestes Wetter. Das genieße ich. Es ist Mitte Juli. Morgen ist die große Comedy-Show auf die ich schon so lange warte. Ich werde meinen Lieblings-Comedien live sehen. Das wird der Wahnsinn, das weiß ich jetzt schon.

Ich verwöhne mich heute – Massage, Pediküre, Friseur, Waxing – das volle Programm. Das brauche ich, um mich so richtig gut zu fühlen. Obwohl, wenn ich so in mich horche, wohl in meiner Haut fühle ich mich auch so. Ich habe weiter abgenommen, wiege jetzt nur noch 62 Kilo, das ist okay. Und da ich Sport gemacht habe ist auch alles straff. Ich fühle mich wieder attraktiv, ein Gefühl, das ich schmerzlich vermisst habe. Mein Körpergefühl ist viel besser. Ich fühle mich nicht mehr wie eine Tonne. Und was noch besser ist: Das Rauchen, ich vermisse es nicht die Bohne. In den letzten Monaten gab es natürlich immer wieder Momente, in denen ich beinahe schwach geworden wäre. Aber ich bin standfest geblieben und habe mir keinen Ausrutscher erlaubt. Das hat sich gelohnt. Ich habe jetzt so eine hohe Hemmschwelle aufgebaut, dass ich, glaube ich, tatsächlich nie wieder rauchen werde. Nicht mal für Geld.

Meine Panik ist auch viel besser geworden. Ich habe zwar noch Attacken, aber sie fallen insgesamt milder aus und dauern längst nicht mehr so lange wie früher. Es ist jetzt kein Problem mehr, aus zu gehen und eine Panik zu bekommen. Ich muss nicht mehr sofort nach Hause rennen, nein, ich nehme ein Beruhigungsmittel und lenke mich ab. Dann verschwindet sie nach höchstens einer Stunde. Das ist für mich ein großer Sieg und eine Tatsache, die mich sehr froh macht. Klar wäre es besser, das auch ohne Tabletten zu schaffen und eines Tage geht das vielleicht. Aber momentan ist das noch nicht drin und ich mache mich deswegen auch nicht verrückt. Es ist schon okay. Ich nehme die Mittel ja nur, wenn ich tatsächlich Panik habe und nicht die ganze Zeit. Da ist nicht viel dabei. Das ist vertretbar, in meinen Augen.

Aber ich arbeite weiter daran. Natürlich ist es auch mein Ziel, ganz auf Beruhigungsmittel zu verzichten, irgendwann. Je weniger Chemie durch den Körper wandert, desto besser.

Es ist langsam soweit, ich sollte mich auf den Weg machen. Mit meinem letzten Geld habe ich mir einen Mietwagen organisiert. Das war absolut nötig, denn in LA gehen nur die Mittellosen zu Fuß. Das kann noch dazu ganz schön gefährlich werden, gerade nachts. Und so habe ich es auch gleich viel bequemer. Nur trinken kann ich dann eben nichts. Aber wer bei einer Comedy-Show trinken muss, tut mir echt leid. Das Programm an sich wirkt schon berauschend genug, wenn man mich fragt.

Ich habe mein Lieblingskleid an. Weinrot mit Spitze am Ausschnitt, über dem Dekolté. Ich habe Mascara drauf und mir einen Lidstrich gezogen. Die Lippen lasse ich so wie sie sind. Ich habe sie vorhin mit Honig eingeschmiert, damit sie schön weich sind. Nur für alle Fälle, man weiß nie, was passieren wird.

Wenn ich nur nicht so aufgeregt wäre. Es fühlt sich an wie als Kind zu Weihnachten, nur noch zehn Mal intensiver. Ich trage mein Liebling-Parfüm auf und mache mich auf den Weg.

Die Stadt sieht bei Nacht, wie auch bei Sonnenschein, schön aus. Ich habe noch nicht allzu viel gesehen – nur den Walk of Fame, der ziemlich beeindruckend war und den Farmer's Market. Dort sind mir ein paar bekannte Gesichter begegnet, was mich erfreut hat. Aber angesprochen habe ich niemanden. Ich bin eher der Typ Mensch der andere in Ruhe lässt.

Nach einer kurzen Fahrt habe ich den Club erreicht. Ich darf an der Schlange vorbeigehen, denn ich habe ein VIP Ticket. Dadurch fühle ich mich irgendwie besonders, auch wenn ich das nicht bin.

Drinnen angekommen ist der Saal schon gut gefüllt. Ich beziehe Stellung auf meinem Platz in der ersten Reihe. Alle Plätze dort sind vergeben. Okay, viele Leute hier mit VIP Ticket. Das wird nachher ein Durcheinander beim Meet and Great. Aber was soll's, abwarten.

Ich komme langsam richtig in Stimmung. Ich hole mir schnell noch eine Cola, dann geht es auch schon bald los. Der Aufheizer, Mike, ist sehr gut. Wir lachen uns alle schlapp. Er bringt uns in die richtige Stimmung. Jetzt sind wir alle bereit für Matt De Angelo.

Und da ist er auch schon. Es ist unfassbar, ihn endlich in Echt zu sehen und dann noch so nahe. Es ist beinahe zu viel für mich. Er ist ein wirklich attraktiver Typ und so aus der Nähe noch zehn Mal mehr als auf Netflix.

Nach einer Minute kocht der Saal. Ein Gag folgt dem nächsten. Wir kommen aus dem Lachen gar nicht mehr heraus. Ich vergieße ein paar Lach-Tränen, das schaffen sonst nicht viele. Ich weiß nicht, wie ich das eine Stunde aushalten soll, ohne zu überdrehen. Und plötzlich kommt der Gedanke an Panik hoch. Ich bin in Amerika, hier sind Waffen legal. Was, wenn im Publikum jemand sitzt, seine Pistole im Anschlag, und gleich durchdreht? Ich fühle eine Angstwelle durch meinen Körper schwappen. Oh Gott, hoffentlich wird das nicht schlimmer. Ich versuche, mich ganz und gar auf das Programm zu konzentrieren. Aber es hilft nicht. Da ist sie, diese miese Kuh – Panik.

Ein halbe Stunde dauert das Programm noch. Ich nehme mein Beruhigungsmittel und hoffe auf das Beste. Doch wird es auch in dieser Stresssituation helfen? Jetzt mache ich mir Sorgen. Es gelingt mir nicht, die Panik willkommen zu heißen und mich über sie, wie über eine Achterbahnfahrt, zu freuen. Sie stört gerade einfach mächtig, das kann ich nicht schön reden. Scheiße, Scheiße, Scheiße! Was soll ich jetzt nur machen? Ich kann mich über diese Gedanken nicht mehr auf das Programm konzentrieren. Die letzte halbe Stunde kann ich nicht mehr mithalten. Und dann kommt noch das Treffen? Wie soll ich das nur schaffen?

Reg dich ab, denke ich. Es ist doch nichts Schlimmes passiert. Du hast eine gute Zeit, es gibt nichts wovor du Angst haben musst. Oder vielleicht doch? Jetzt bereue ich beinahe, hier zu sein. Vielleicht war das eine blöde Idee. Ich hätte zu Hause bleiben sollen. Was, wenn die Angst eskaliert? Was, wenn ich nicht ruhig bleiben kann? Was, wenn mein Kopf explodiert. Oder wenn ich etwas Blödes sage? Ich habe mich nicht mehr unter Kontrolle. Alles Mögliche könnte passieren.

Irgendwie vergeht die halbe Stunde, trotz meiner Angespannt-heit. Großer Applaus. Die Leute verlassen langsam den Saal. Nur wir VIPs sind noch da. Dann werden wir eingesammelt – es kann losgehen. Meine Panik ist auf ihrem Höhepunkt angelangt. Mein einziger Gedanke: Ich will mich endlich in Ruhe beruhigen können. Ich will dieses Treffen gar nicht mehr. Soll ich einfach gehen? Aber dafür ist es jetzt zu spät. Wir sind schon backstage.

Und da steht er. In seiner vollen Größe von 1,92. Der bestaus-sehendste Mann den ich je gesehen habe. Er begrüßt uns freundlich und macht sich bereit für Fotos und Autogramme.

Was will ich eigentlich von ihm? Ich will ihn und das macht mir solche Angst. Was, wenn ich ihm nicht gefalle? Ich muss zugeben, ich bin nicht den ganzen weiten Weg gekommen, nur um ihm zu danken. Ich bin in ihn verliebt, das kann ich nun nicht mehr leugnen. So sehr, dass mir das Herz in die Hose rutscht.

Die ersten Leute sind mit allem durch und werden nach draußen geleitet. Wenn ich ihn jetzt nicht anspreche, ist meine Chance vertan und alles war umsonst. Dann habe ich viel Geld zum Fenster rausgeschmissen.

Ich gehe also zu ihm rüber. „Hi Matt", bringe ich hervor. „Hey", sagt er. „Möchtest du ein Foto?"

Klar. Ich krame mein Handy heraus und jemand macht ein Foto. Wir stehen eng beieinander, Matt hat den Arm um meine Hüfte gelegt. Es fühlt sich wahnsinnig gut an von ihm berührt zu werden.

„Geht es dir gut? Du siehst irgendwie traurig aus."

Scheiße! Das ist die Panik. Und er sieht sie in meinen Augen. „Nein, nur traurig, dass die Show vorbei ist", sage ich ausweichend.

„Oh, wie süß. Dann hat sie dir also gefallen?"

„Ja, sehr. Und noch viel mehr. Weißt du, ich wollte dir danken. Deine Comedy hat mich durch eine sehr schwere Zeit begleitet und gerettet. Du bist wirklich der Beste überhaupt." Okay, jetzt halt die Klappe und hau hier nicht so auf die Kacke.

„Das freut mich. Und tut mir leid, dass du eine schwere Zeit hattest."

Er ist wirklich nett! „War ja nicht deine Schuld."

„Das hoffe ich doch", sagt er und zwinkert.

Flirtet er mit mir? Es wollen auch noch andere Leute drankommen, also mache ich den Weg frei. Matt flüstert dem Security-Typen etwas zu. Der nimmt mich zur Seite und sagt, ich solle noch warten. Was kommt denn jetzt? Ich will doch einfach nur nach Hause. Ich kann nicht mehr, diese Panik macht mich fertig. Es fühlt sich wirklich so an, als würde mein Kopf gleich explodieren. So sehr ich mir auch gut zurede, diesen Gedanken werde ich einfach nicht los.

Matt macht noch ein paar Fotos, schreibt noch ein paar Autogramme, dann sind alle Leute weg. Bis auf mich. Er kommt auf mich zu. „Tut mir leid wenn ich dich aufhalte, ich hoffe, du hast nichts weiter vor. Aber ich würde gerne diesen Abend mit dir verbringen."

WOW. Was? Mit mir? Unfassbar! Mir fehlen die Worte.

„Du sagst gar nichts, bedeutet das Nein?"

Ich fange mich. „Nein, das bedeutet ja. Ich bin nur überrascht."

„Warum? Du bist heute Abend, mit großem Abstand, die attraktivste Frau hier. Du hast die schönsten Augen. Auch wenn sie mich so traurig anblicken. Ich will versuchen dich aufzuheitern. Das ist schließlich mein Job."

„Aber du hast jetzt Feierabend. Willst du dich nicht lieber entspannen?"

„Ich habe nie Feierabend"; er zwinkert mir zu. „Und wenn ich jemanden sehe der traurig ist, ganz besonders wenn es um eine so schöne Frau geht, laufe ich auf Hochtouren."

Ich werde wohl noch weiterhin die Panik ignorieren müssen. Diese Chance will ich mir nicht entgehen lassen. „Okay, du hast mich überzeugt. Was schwebt dir vor?"

„Hast du Lust etwas essen zu gehen? Ich sterbe vor Hunger."

Ich habe keinen Appetit, den habe ich nie während einer Panik, das kommt vom Adrenalin. Mein Körper will kämpfen oder weglaufen, aber sicher nicht in Ruhe essen. Aber ich muss ja nichts bestellen. Vielleicht was zu trinken. „Okay, das klingt gut."

„Hier in der Nähe ist ein Burgerladen. Wenn du darauf Lust hast können wir da hingehen."

Ich habe Lust und auch irgendwie nicht. Ich kann nicht glauben, dass mir das passiert. Und dass ich ausgerechnet in dieser Situation mit der Panik kämpfen muss, die über die letzten Monate fast schon zur Freundin geworden ist. Ich hatte sie auf jeden Fall im Griff. Und Feuerproben habe ich damit auch überstanden. Warum also ausgerechnet heute? Ich bin sehr enttäuscht. „Machen wir!"

sage ich schließlich. Er muss denken ich bin irgendwie langsam. Dabei bin ich nur im dauernden Zweigespräch mit mir selbst. Ich hoffe, ich werde eine halbwegs angenehme Gesellschaft sein.

Matt fragt mich alles Mögliche: Wo kommst du her? Wie alt bist du? Was machst du beruflich? Was ist deine Leidenschaft? Und zu guter Letzt – du bist echt den ganzen Weg hergekommen nur meinetwegen?

Ich beantworte alles so gut ich kann. Und ja, ich bin vor allem seinetwegen gekommen.

„Das schmeichelt mir sehr. Eine Frau wie du. Ich hoffe, du bist jetzt nicht enttäuscht."

Auch wenn ich nicht so aussehe, das bin ich nicht. „Du hast meine Erwartungen weit übertroffen. Ich bereue nichts", sage ich und versuche zu lächeln. Er lächelt zurück. Ich liebe sein Gesicht. Besonders, wenn es sich so aufhellt.

Er hebt eine Hand und führt sie zu meiner Wange, die er zärtlich streichelt. Ich kann nicht fassen was hier gerade passiert. Dann beugt er sich vor und küsst mich. Ganz sanft zuerst, dann immer forscher, fordernder.

„Ich habe hier in der Nähe ein Zimmer. Wenn wir aufgegessen haben, wollen wir dorthin?"

Das ist es also was er sucht: Eine Bettgeschichte. Ich bin maßlos enttäuscht. Ich bin in ihn verliebt und hatte gehofft, und das schien der Abend ja auch zu versprechen, dass er sich auch in mich verlieben könnte. Aber da habe ich mich wohl getäuscht. Ich weiß, dass er kein Kostverächter ist. Diesen Ruf hat er. Aber irgendwie hatte ich gehofft, dass es mit mir etwas anderes würde. Weit gefehlt.

„Ich denke eher nicht. Tut mir leid."

Er scheint nicht oft ein Nein zu hören. Er wirkt angepisst. Er zahlt zwar für meine Cola – immerhin – aber dann hält ihn nichts mehr auf. Er verschwindet ohne Abschiedsgruß und ward nie wieder gesehen. Was für ein Ego!

Egal, denke ich. Endlich kann ich nach Hause und mich beruhigen.

Ich nehme meinen Mietwagen und fahre die Strecke nach Hause. Eigentlich sollte ich nicht fahren, wenn ich was genommen habe. Aber das ist schon drei Stunden her. Wird schon nichts passieren.

Und ich behalte recht. Im Zimmer nehme ich noch mal eine Dosis, denn ich sehe nicht, wie ich mich ohne jemals beruhigen werde. Die vorherige Dosis hat mein Körper sicher längst abgebaut.

Und es wirkt. Bald schon schlafe ich, total erschöpft, ein.

2

Am nächsten Morgen fühle ich mich groggy. War vielleicht doch eine zu hohe Dosis gestern. Aber ich brauchte es. Wenn ich an den Abend zurückdenke, kommt mir das alles unreal vor. Ist das wirklich passiert? Habe ich den Mann meiner Träume geküsst und ihm dann, weil er sich als Schwerenöter entpuppt hat, den Laufpass gegeben? Und dafür bin ich so weit gereist? Schade!

Aber nein, ich bereue immer noch nichts. Jetzt weiß ich wenigstens Bescheid und brauche nicht mehr davon zu träumen. Jetzt bin ich bereit für etwas anderes. Etwas mit mehr Erfolgsaussichten.

Ich denke viel ans Rauchen. Wie gerne würde ich jetzt eine durchziehen. Aber nein! Ich habe es so viele Wochen ohne geschafft, das lasse ich mir nicht von so einem Idioten kaputt machen!

Da ich hauptsächlich wegen der Show hier war und ich mir die teuren Hotel-Preise in LA nicht länger leisten kann, ist morgen schon mein Rückflug. Was bin ich froh. Ich werde mich heute in die Sonne legen und entspannen. Vielleicht schnappe ich mir meinen Wagen und fahre ans Meer. Da war ich noch nicht, obwohl ich es über alles liebe. Ja, guter Plan. So wird's gemacht.

Ich fahre nach Malibu. Da wollte ich schon immer mal hin – wegen Baywatch, ich gebe es zu. Das habe ich als Kind immer geguckt, ohne auf Sexuelles zu achten, einfach nur, weil ich Schwimmerin war und das Meer liebe. Und wenigstens hier werde ich nicht enttäuscht. Das Wasser ist toll, warm, klar. Ich wate hindurch bin ich k.o. bin. Dann lasse ich mich nieder.

Die Wellen rollen heran und ziehen sich zurück. Ich lausche auf den beruhigenden Klang. Da hier niemand ist, wage ich es, meine Sachen sich selbst zu überlassen und stürze mich in die Fluten. Es ist herrlich. Ein Gefühl von Freiheit überkommt mich. Ich liebe das Leben. Auch wenn es das Leben gestern nicht gut mit mir gemeint hat.

Hätte ich mich auf das Angebot einlassen sollen? Etwas Spaß haben und dann gehen? Nein, ich glaube nicht. Ich denke, ich habe die richtige Entscheidung getroffen. Es würde mir heute sicher mies gehen, mit dem Wissen, dass ich nur eine weitere Nummer für ihn war. Oder hätte daraus vielleicht doch etwas entstehen können? Aber wie oft ist das so bei One Night Stands? Relativ selten, befürchte ich. Ich habe auf mich geachtet und das richtige getan, rede ich mir gut zu. Ich müsste lügen, wenn ich sagen würde, es ist mir leicht gefallen. Ich bin seit eineinhalb Jahren scharf auf ihn. Aber es sind eben auch Gefühle im Spiel. Und ich bin kein Typ für einen Gelegenheitsfick. War ich noch nie und werde ich nie sein. Ich bin kein Tier, sondern ein denkender, fühlender Mensch. Das hätte mich nur fertig gemacht. Es ist alles gut so wie es ist.

Ich lasse mich noch ein Weilchen von den Wellen schaukeln. Dann schnappe ich mir meine Sachen und wate zurück. Es wird langsam dunkel und ich habe Hunger. Heute habe ich noch nichts Essbares runter bekommen, es wird Zeit. Aber nicht hier, hier ist alles überteuert. Ich fahre zurück zu meinem Hotel und suche mir etwas in der Nähe. Ich finde einen Pizzaladen, nehme mir ein Stück Hawaii auf die Faust und begebe mich zum Essen in mein Zimmer.

Dann schaue ich mal auf Facebook und Twitter vorbei. Matt hat etwas gepostet was mich sauer macht. „Gestern mit der frigidesten Braut überhaupt zu Abend gegessen." Na toll, vielen Dank auch. Du magst viele Fans dazugewinnen, jeden Tag, aber gerade hast du einen verloren, denke ich. So ein Arschloch! Ich logge mich aus und denke über meine Geschmacksverirrung nach. Wie konnte ich so einen Typen nur gut finden? Aber ich kannte ihn einfach nicht. Wer hätte das ahnen können. Er wirkte immer so nett. Nicht wie ein Aufreißer-Macho. Der ist er allerdings und ich bin geheilt. Geheilt von ihm, durch ihn. Ich kann es kaum erwarten hier zu verschwinden. Auch wenn mir LA gefällt. Aber die Leute hier haben alle einen Schaden. Ich könnte schon wieder rauchen, kann mich aber erfolgreich davon abhalten.

Ich sitze im Wartebereich des Terminals. In zwei Stunden geht mein Flug, ich habe schon eingecheckt. Etwas früh für meine Verhältnisse, aber ich will hier wirklich so bald es geht weg. Dass ich nun hier bin, raus aus der Stadt, gibt mir schon mal ein gutes Gefühl.

Ich habe mir ein Buch besorgt, in dem ich nun lese. Ein Krimi. Könnte spannend werden. Aber richtig konzentrieren kann ich mich nicht. Mir geht immer noch dieses Schwein im Kopf rum. Wie kann jemand so rücksichts- und gefühllos sein? Ich kann ihm nur wünschen, dass er auch in Zukunft öfter mal ein Nein hört, das bildet den Charakter. Und das hat er bitter nötig. Ich beschließe hier und jetzt, dass ich diese Gedanken hier lasse, sie nicht mit in den Flieger nehme. Und in Deutschland einen Neustart mache. Ohne ihn in meinem Kopf. Das wird sicher nicht leicht, immerhin war er dort eine ganze Weile. Aber es wird andere Männer geben. Und für die bin ich jetzt zum Glück wieder offen. Nein, ich bereue nicht, hergekommen zu sein. Es war eine Lektion die ich brauchte.

Nur schade, dass ich jetzt niemanden mehr habe von dem ich träumen kann. Ich muss schnell wieder jemanden finden, sonst werde ich depressiv. Entweder, ich gehe wieder öfter aus oder ich versuche es noch mal bei Tinder. Das überlege ich mir noch.

Ich nehme eine Schlaftablette und bekomme vom Rückflug nichts mit. Stunden später wache ich auf, wir sind da. Ich bin so erleichtert! Normalerweise bin ich immer ein wenig traurig wenn ich von einer Reise zurückkehre. Aber diese war nicht gut, also bin ich froh wieder hier zu sein. In meiner kleinen Wohnung in Hannover.

Ich gehe schnell etwas einkaufen und koche mir mein Mittagessen. Eine Stärkung wird mir gut tun, die Mahlzeiten im Flieger habe ich ja leider, oder zum Glück?, verpasst.

Ich habe tatsächlich alle Gedanken an diesen Matt in LA gelassen. Was nur geblieben ist, ist ein flaues Gefühl im Magen. Aber das kann ich ignorieren. Essen wird helfen, auch wenn mir nicht danach ist. Aus diesem Grund habe ich mein Lieblingsessen gemacht: Apfelpfannkuchen mit Zimt und Zucker. Wenn ich das nicht runter bekomme, ist wirklich etwas faul. Aber ich esse, sogar mit Appetit. Alles gut!

Morgen habe ich noch frei, dann muss ich wieder zur Arbeit. Ja, ich habe den Job noch, beantworte noch fleißig Beschwerdemails. Auch wenn es mir jeden Tag weniger Spaß macht. Ich muss mir wirklich bald etwas anderes suchen. Es hängt mir, gelinde gesagt, zum Hals raus. Ich habe schon überlegt, in die Gastro zurück zu gehen. In meinen alten Job, um genau zu sein. Mein Chef würde mich sofort wieder einstellen. Und jetzt, da ich die Panik weitestgehend los bin, sollte das eigentlich kein Problem mehr darstellen. Ich werde noch bis nach dem Sommer warten, denn da ist viel los, den Stress will ich mir nicht geben. Aber ab Oktober würde ich da gerne wieder starten. Das wären noch drei Monate. Ich werde das mal so einplanen. Die suchen eigentlich immer, weil dort starke Fluktuation herrscht. Und mein Chef kennt mich als zuverlässige, loyale Angestellte. Er würde sich sicher freuen. Und mir hat der Job damals solchen Spaß gemacht! Bis beschlossen wurde, dass Kameras aufgestellt werden, zur Arbeitsüberwachung. Damit hatten wir alle ein Problem – viele haben gekündigt, so auch ich. Aber ich war neulich dort zu Besuch und mir wurde gesagt, die Kameras seien nicht mehr in Benutzung. Dann gibt es für mich keinen Grund mehr, nicht zurückzugehen.

Jetzt fühle ich mich etwas besser. Ich habe einen Plan. Nur noch drei Monate dumme Mails beantworten, dann kann ich wieder Spaß haben. Ich freue mich!

Der Montag Morgen kommt wie immer viel zu früh. Ich bin noch nicht fertig mit dem Wochenende. Jetlag hatte ich nicht groß, aber ich will mich noch ausruhen. Ich fühle mich erschlagen, etwas depressiv. Beim Gedanken an die Dusche wird mir schwindelig. Ich weiß nicht, ob ich es schaffen werde, mich zu reinigen. Vielleicht sollte ich zu Hause bleiben. Aber würde mir die Ablenkung nicht gut tun? Das unter Leute kommen? Ich werde es versuchen. Also, raus aus den Federn.

Ich schaffe es zumindest, mich zu waschen und mir die Zähne zu putzen. So kann ich mich sehen lassen. Ich fahre die 20 Minuten mit dem Auto und werde langsam wach. Ich starte immer um 8 Uhr. Das ist eigentlich zu früh für mich, ich bin eher ein

Nachtmensch. Aber um die Zeit riskiere ich keine Panik, denn die kommt meist erst am Abend. Also arrangiere ich mich damit.

Als ich meinen Arbeitsplatz erreiche, wartet dort schon mein Chef auf mich und sieht nicht glücklich aus. Anscheinend habe ich mir etwas geleistet. Er kommt auch gleich auf den Punkt. Ich habe jemandem einen Sponsoringdeal zugesagt den er nicht bekommen wird. Es gab wohl deswegen ein ziemliches Theater. Das ist blöd. Ich wollte dem Mann keine falschen Versprechungen machen, denn ich wusste nicht, dass sie falsch waren. Ich dachte, es wäre eine gute Sache und die Firma würde es machen. Wie es aussieht haben wir ihn dadurch als Kunden verloren. Und das geht ganz auf meine Kappe. Mist! Ich entschuldige mich, aber mein Chef ist nicht versöhnt. Ich solle das nie wieder machen, weist er mich an. Okay, verstanden, kommt nie wieder vor.

Ich versuche zu arbeiten, aber dieser Vorfall schwebt über mir wie eine Regenwolke. Ich fühle mich dumm und nutzlos. Die perfekte Ausgangssituation für eine Panik. Aber sie kommt nicht und ich bin froh. Das ganze Training scheint doch etwas gebracht zu haben. Seit dem Abend mit Matt hatte ich keine Attacke mehr, und das ist nun drei Tage her. Ich bin ein bisschen stolz, vor allem aber erleichtert.

Den Rest des Tages erledige ich meine Arbeit sehr gewissenhaft und frage bei Unklarheiten lieber nach, anstatt einfach auf eigene Faust Entscheidungen zu treffen.

Nach Feierabend fahre ich nach Hause und spiele ein wenig Gitarre. Das habe ich schon länger nicht gemacht, obwohl es mir so gut tut. Dann esse ich Müsli und lege mich ins Bett. Ich schlafe sofort ein, das scheine ich gebraucht zu haben.

Ich träume von LA. Von Matt. Davon, dass ich sein Angebot nicht ausschlage, sondern mit ihm auf sein Zimmer gehe. Ich träume davon, wie wir uns im Bett wälzen. Es fühlt sich gut an. Er weiß, was er tut. Als wir fertig sind, bittet er mich zu gehen. Da wache ich auf. Es hat sich so wahnsinnig real angefühlt. Und genauso wäre es gelaufen. Ich beglückwünsche mich noch einmal zu meiner Entscheidung und beschließe, eine Runde spazieren zu gehen.

Ich wohne in Linden, einem Künstlerstadtteil. Hier ist immer was los. Die Leute strotzen nur so vor Kreativität. Ich fühle mich hier wohl. Ich grüße ein paar Bekannte, schlendere weiter und lande in einem netten kleinen Café. Ich bestelle mir Kuchen und einen Cappuccino. Man gönnt sich ja sonst nichts. Ich muss allerdings aufpassen, wenn ich nicht wieder zunehmen will. Das wird also eine Ausnahme bleiben.

„Hey, Anna!" ruft jemand hinter mir. „Lange nicht gesehen!"

Es ist Tamara, meine frühere Mitbewohnerin. Ich begrüße sie mit einer festen Umarmung. „Mensch, stimmt. Es ist lange her."

Wir bringen uns auf den neuesten Stand. Ich erzähle ihr von meinem Job, meiner Reise und den Erlebnissen dort. Sie hört sich alles an und verflucht mit mir zusammen diesen Typen.

Bei ihr gibt es auch viel Neues. Seit wir die WG aufgelöst haben wohnt sie mit ihrem Freund zusammen. Sie sind verlobt und erwarten ein Kind. Ich beglückwünsche sie dazu. Und bin ein wenig neidisch. Manche Menschen haben einfach mehr Glück als andere.

„Dann wird sich dein Leben bald grundlegend ändern..."

„Ja, und ich kann es kaum erwarten. Wir sind definitiv bereit."

Das klingt gut. Ich freue mich für sie. Ob ich für solch eine Veränderung bereit wäre, weiß ich nicht. Noch nicht. Aber ich möchte es gerne herausfinden. Vielleicht durch sie?

„Ich hoffe, wir bleiben in Kontakt", schlage ich daher vor.

„Ja, sehr gerne. Meine alte Nummer ist noch aktuell."

Das wäre also abgemacht. Sie ist nicht die erste meiner Freundinnen die Nachwuchs bekommt. Im Gegenteil, die meisten sind mit der Familienplanung fertig. Aber damals hat mich das noch nicht so interessiert. Da wusste ich, dass ich selbst noch nicht dazu bereit bin. Aber jetzt habe ich da so eine Vermutung und der möchte ich nachgehen.

Wir verabschieden uns, ich trinke meinen Kaffee aus und gehe noch eine Runde. Die Kalorien wollen schließlich verbrannt werden.

3

Mir fällt es wieder unglaublich schwer, aufzustehen. Ich glaube heute werde ich wirklich nicht zur Arbeit fahren. Jetzt habe ich, zusätzlich zu der Abneigung der Tätigkeit gegenüber noch die Angst, Fehler zu machen. Und ich fühle mich enorm ausgelaugt.

Ich weiß wirklich nicht, wie ich es schaffen soll, aus dem Bett zu kommen.

Ich rufe an und melde mich krank. Das heißt, dass ich noch zum Arzt muss, aber das nehme ich in Kauf.

„Okay, ich kann Sie für ein paar Tage rausnehmen. Aber vielleicht sollten Sie sich einen anderen Job suchen, wenn dieser Sie so belastet." Der Arzt hat nicht unrecht. Das habe ich ja auch vor. Er schreibt mich den Rest der Woche krank. Nicht schlimm, wenn ich mal vier Tage fehle. Die Arbeit können andere erledigen. Ich bin nicht unersetzlich. Zum Glück. Also kein Druck.

Ich gebe die Krankmeldung in die Post und lege mich wieder ins Bett. An Tagen wie diesem hätte ich mir eine Portion Matt De Angelo reingezogen. Aber das fällt ja jetzt flach. Kein Wunder, dass ich depressiv bin, mit fehlt die Comedy. Wie soll ich nur ohne auskommen? Klar, es gibt andere Comediens. Ich hatte mich sehr auf Matt eingeschossen, aber er ist nicht der einzige der gut ist. Ich begebe mich bei Netflix auf die Suche und finde eine Handvoll. Das ziehe ich mir die nächsten Stunden rein und es geht mir schon besser. Das wäre geschafft. Jetzt brauche ich nur noch jemand anderen in den ich mich verlieben kann. Dass ich mich so auf diesen Matt eingeschossen habe war schon ein wenig verrückt. Ich brauche ein realistischeres Objekt der Begierde.

Die nächsten drei Tage bleibe ich im Bett. Doch mir geht das Essen aus, also muss ich einkaufen. Ich entscheide mich gegen eine Dusche, werfe mich in ein altes T-Shirt und Leggins und mache mich auf den Weg.

Ich schaue zu Boden während ich gehe. Es gibt nichts für mich zu sehen in dieser Welt, mich interessiert nichts.

Irgendwann, man muss ja schließlich irgendwo hingucken, schaue ich nach oben. Vor dem Supermarkt steht ein bekanntes Gesicht. Zuerst fällt es mir nicht ein, mein Kopf arbeitet langsam, aber dann fällt es mir wie Schuppen von den Augen. Es ist Fabian, ein ehemaliger entfernter Kollege von vor Jahren. Wir hatten nicht viel miteinander zu tun, haben uns nur selten gesehen. Aber ich mochte ihn. Sehr sogar. Diese Gefühle kommen schnell wieder hoch. Er schaut in die andere Richtung. Hat er mich gesehen und entschlossen mich zu ignorieren? Ich sehe heute auch wirklich nicht gut aus. Vielleicht hat er mich nicht erkannt. Nächste Woche, gleiche Zeit, denke ich und hoffe, dass er mitmacht.

Ich besorge alles, dann ziehe ich mich wieder in meine Höhle zurück.

„Ich brauche noch länger frei, mir geht es nicht gut", berichte ich meinem Hausarzt, der von meinen Depressionen weiß.

„Gut, ruhen Sie sich noch eine Woche aus. Wenn es dann immer noch nicht geht, kommen Sie wieder."

Das klingt gut für mich. Ich kaufe mir eine Calzone, das erste Essen seit zwei Tagen und lege mich wieder ins Bett. Das ist nicht gut, denke ich mir. Ich sollte unter Leute gehen, etwas unternehmen. Mich nicht so abkapseln. Isolation ist nicht gesund.

Ich rufe Sandra an. Sie hat Zeit, auch wenn alle drei Kinder dabei sein werden und das stressig für sie werden könnte. Aber sie lässt mich nicht hängen. Ich fahre zu ihr nach Hause.

Es herrscht viel Trubel. Die Kinder freuen sich, mich zu sehen und stürzen sich auf mich, wollen mit mir spielen. Das mache ich eine Weile und es tut mir gut. Dann berichte ich Sandra von meinen Sorgen und sie hat sehr aufbauende Worte für mich. Verspricht mir, dass alles gut wird. Dass ich richtig gehandelt habe. Dass sie es genauso gemacht hätte. Das tröstet mich etwas.

„Wenigstens siehst du in all deinem Leid gut aus. Mir könnte es auch nicht schaden, ein wenig abzunehmen. Oder ein wenig mehr."

Das muss sie überhaupt nicht, tröste ich sie. Sie ist wunderschön. Und die letzten Babypfunde wird sie schon bald los sein.

Ich bleibe noch zum Abendessen – ihr Mann kocht und das kann er wirklich gut. Dann mache ich mich wieder auf den Weg. Es war eine gute Entscheidung herzukommen. Mir geht es schon besser.

Als ich nach Hause komme, habe ich einen Brief im Kasten. Eine Kündigung. Alles klar. Soll mir nur recht sein. Erleichtert begebe ich mich nach oben in mein Bett und schlafen wie ein Stein.

Heute ist es genau eine Woche her. Ich dusche, ziehe mir ein schönes Kleid an, trage Makeup auf und mache mich auf den Weg zum Supermarkt.

Unglaublich, aber er ist wieder da. Dieses Mal schaut er mich direkt an während ich auf ihn zusteuere.

„Hey Fabian!" sage ich.

„Hey Anna", gibt er zurück. Er kennt meinen Namen noch! „Schön, dich zu sehen. Ist sehr lange her."

Das ist es wirklich. Bestimmt schon 10 Jahre. Aber er hat sich kaum verändert. Äußerlich, zumindest. Innerlich hoffentlich auch nicht, denn er war wirklich in Ordnung.

„Stehst du jetzt jede Woche hier? Du weißt, man kann da auch reingehen", versuche ich zu scherzen.

„Ach, wirklich? Nein!" Wir müssen lachen. „Ja, letzte Woche habe ich hier auf meine Freundin gewartet", gesteht er. Ich mache schon dicht. Von vergebenen Männern lasse ich lieber die Finger. „Aber diese Woche", gibt er zu, „Warte ich auf dich."

Oh. Wow. Unverhofft kommt oft. Oder hatte ich es nicht doch gehofft? Ich weiß nicht, seine Worte bringen mich durcheinander. Ich lächle ihn an, damit kann man nie falsch liegen, auch wenn einem die Worte fehlen. „Das freut mich", bringe ich schließlich doch noch hervor. „Aber hat deine Freundin nicht etwas dagegen?"

„Sollte sie nicht. Wir sind nicht mehr zusammen." Juchu! „Wir kannten uns noch nicht lange und es hat einfach nicht gepasst."

„Das tut mir leid." Tut es nicht, nicht wirklich!

„Das muss es nicht. Wir haben uns freundschaftlich und einvernehmlich getrennt. Alles ganz rational, wie richtige Erwachsene."

Das klingt nicht nach der großen Liebe. Aber umso besser.

„Darf ich dich bei deinem Einkauf begleiten?"

Das darf er, sehr gerne sogar. „Wenn du mir beim Tragen helfen willst, kann ich ja richtig zuschlagen!" freue ich mich.

„Wenn du es dir leisten kannst", sagt er und lächelt. Ups, da liegt er gar nicht so verkehrt. Ich war gestern beim Jobcenter und hab meinen Antrag gestellt. Die nächste Zeit werde ich knapp bei Kasse sein. „Ich denke schon", sage ich trotzdem. Wir gehen rein.

„Wow, wie toll das ist. So habe ich es mir in einem Supermarkt immer vorgestellt!" Er scherzt.

„Tja, und nun erlebst du es das erste Mal in Echt. Und ich darf dabei sein, was für eine Ehre."

„Nein, mir ist es eine Ehre." Wir lachen. „Darf ich den Wagen für Sie übernehmen?"

„Wenn Sie dazu schon bereit sind. Aber bitte keine Unfälle."

Er schnappt sich den Wagen und lenkt ihn gekonnt durch die Reihen, während ich ihn fülle. Als wir an der Kasse warten macht er mir ein Angebot. „Ich kann dir aber wirklich beim Tragen helfen, das war ernst gemeint."

126

„Das ist gut. Ich würde das ganze Zeug auch nicht alleine nach Hause kriegen." Plötzlich wird mir klar, wie unordentlich und dreckig meine Wohnung ist, nach zweiwöchiger Bettruhe. Er darf auf keinen Fall mit reinkommen. Wie soll ich das nur verhindern?

„Ich kann es dir bis zur Tür tragen, aber bleiben kann ich nicht, ich habe gleich noch einen Termin." Gott sei Dank!

Gesagt, getan. Er stellt die Tüten vor meiner Tür ab und macht Anstalten zu gehen. „War wirklich schön, dich wiedergesehen zu haben." Er macht eine Pause, lächelt mich an. Ich mag sein Lächeln und erwidere es. „Du bist noch genauso schön wie damals."

Jetzt werde ich sicher rot. Er schmeichelt mir. Wie süß. „Und du noch mindestens genauso attraktiv." Ich werde mutig. „Schade, dass wir damals beide vergeben waren."

„Ja, aber das liegt in der Vergangenheit. Was wirklich wichtig ist, ist doch das Hier und Jetzt. Bist du liiert?"

Ich verneine. Das scheint ihn sehr zu freuen. Er nimmt meine Hand und küsst sie. Ein Kribbeln durchfährt meinen Körper. Ich lege meine andere Hand auf seine Schulter. Er hält meine Hüfte umschlungen und zieht mich näher zu sich heran. Unsere Köpfe bewegen sich wie in Zeitlupe aufeinander zu. „Das will ich schon so lange tun", flüstert er. Dann berühren sich unsere Lippen. Langsam und zärtlich. Wir genießen es beide. Dann wird es leidenschaftlicher, die Zungen kommen ins Spiel. Wir genießen voll und ganz, lassen uns fallen. Plötzlich bricht Fabian ab. „Das war vorhin übrigens keine Ausrede, ich habe wirklich noch einen wichtigen Termin." Er küsst mich ein Mal fest mit geschlossenem

Mund, dann muss er sich auf den Weg machen. Ich bedanke mich für die Hilfe, wir tauschen Nummern aus und dann trennen wir uns. Fürs erste. Da wird noch einiges mehr kommen, das habe ich einfach im Gefühl.

„Mann, ich werde immer runder", berichtet Tamara am gleichen Abend. „Bald platze ich aus allen Nähten. Dabei habe ich noch einen ganzen Monat vor mir. Mindestens."

Sie tut mir leid. Zum Ende hin wird eine Schwangerschaft eine richtige Beslastung.

„Aber ich freue mich auch so wahnsinnig. Kann es gar nicht erwarten, den kleinen Wurm in den Armen zu halten."

Diese Vorstellung klingt gut für mich. Es muss ein tolles Gefühl sein. Möchte ich das auch irgendwann mal erleben? Ich denke schon! Ich berichte ihr von meinem Urlaub und meiner Begegnung mit Fabian. Sie ist empört und freut sich, in der Reihenfolge.

„Unser erstes Date steht auch schon fest, er hat mir eben eine SMS geschickt – wir gehen zum Sehfest!" Das ist eine Open Air Kino-Veranstaltung. Da war ich ewig nicht, wegen der Panik. Ich hoffe, dieses Mal geht alles gut. Aber mit Fabian an meiner Seite mache ich mir da nicht allzu große Sorgen.

Tamara freut sich mit mir. „Wenn ich Patentante für eure Kinder werde, mache ich dich zu der meines Kleinen", scherzt sie. Ich steige mit ein und erkläre das für abgemacht.

Wow, wenn ich überlege, dass das mit mir und Fabian wirklich etwas wird und wir Kinder in die Welt setzen, wird mir schwindelig. Aber auf gute Art. Ich will das auf jeden Fall. Aber ich will mal nicht zu voreilig sein. Klar, wir sind offenbar beide verknallt und das schon seit Ewigkeiten. Aber eins nach dem anderen. Eine Schwangerschaft muss bei mir auch ganz genau geplant werden, da ich Medikamente nehme, mit denen ich nicht schwanger werden darf, die ich also vorher absetzen müsste. Ob das geht weiß ich noch nicht. Aber wenn ich glücklich bin und keinen Stress habe, vielleicht. Es müsste dann auch schnell gehen, ich bin immerhin schon 37 und ein Einzelkind möchte ich nicht, sondern mindestens zwei.

Ich mache hier schon große Pläne, dabei waren wir noch nicht mal auf unserem Date. Was ich jetzt mache, um mich von zu großen Gedanken abzulenken, ist erstmal Wohnungsputz. Falls es uns nach dem Date hierher verschlägt, möchte ich eine repräsentable Wohnung haben. Er soll einen guten Eindruck von mir bekommen.

4

Der große Abend ist endlich da. Wir treffen uns am Eingang und begrüßen uns, wie ein Pärchen, mit Kuss auf den Mund. Es fühlt sich ganz natürlich an. Selbstverständlich.

Wir nehmen auf der Tribüne Platz und müssen nicht lange warten. Schon startet ‚A star is born'. Eine Romanze. Wenn sich auf der Leinwand geküsst wird, küssen wir uns auch. Ich schwebe im siebten Himmel. Kann das wirklich wahr sein? Dass ich endlich auch ein Stück vom Glück abbekomme? Ich wage es kaum zu glauben, aber ich denke es ist so. Endlich kann auch ich glücklich werden, mit einem Mann, der mir schon vor so langer Zeit so gut gefallen hat. Es ist wirklich wie im Märchen. Mit Happy End. Ich hoffe nur, wir passen auch zueinander. Das werden wir in den nächsten Wochen herausfinden. Ich wünsche es mir so sehr!

Der Film ist zuende und ich habe kaum etwas davon mitbekommen. Den muss ich wohl nochmal sehen um mitreden zu können. Fabian und ich gehen Hand in Hand zu seinem Auto. Er will mich nach Hause fahren. Will sichergehen, dass ich gut ankomme. Wie süß.

Vor meiner Tür hält er an, macht aber keine Anstalten auszusteigen. Anscheinend will er es langsam angehen lassen. Und da bin ich sehr dafür. Wir küssen uns eine Weile. Als es zu leidenschaftlich wird, bricht er ab. „Lass uns noch was fürs nächste Mal aufheben." Damit bin ich einverstanden. Ein letzter harmloser Kuss und ich steige aus. Er wartet bis ich im Haus verschwunden bin, dann fährt er ab.

Was für ein schöner Abend! Mit einem perfekten Gentleman. Matt De Angelo ist für immer vergessen. Wer braucht den schon? Jetzt habe ich etwas viel besseres. Jemanden viel besseres. Wie auf Wolken schwebe ich die Treppen hoch. Dann lasse ich mich in mein Bett fallen. Ich kann nicht sofort einschlafen, ich bin einfach zu verliebt. Die Gedanken an diesen Abend gehen mir im Kopf umher. Kreisen um Fabian. Aber es fühlt sich gut an, es stört mich nicht. Seinetwegen verliere ich gerne ein wenig Schlaf. Und es ist ja auch nicht so, dass ich am Morgen irgendwo hin müsste. Ich hatte noch Resturlaub und brauche nicht mehr zu Arbeit. Jetzt kann ich mich voll und ganz aufs Verlieben konzentrieren.

Als ich gegen Mittag aufwache habe ich eine Nachricht von Fabian. Er will mich so schnell wie möglich wiedersehen. Also verabreden wir uns für den späten Nachmittag. Wir wollen eine Runde um den Maschsee drehen.

Ich besorge Essen für ein Picknick und bereite alles vor – Käse-Weintrauben-Spieße, belegte Brötchen und zweimal Schokopudding. Dann mache ich mich in meinem Auto auf den Weg. Es ist herrliches Wetter. Die Badesachen habe ich auch dabei.

Fabian begrüßt mich mit einem breiten Lächeln. Er freut sich deutlich, mich zu sehen. Das kann ich nur erwidern. Wir fallen uns in die Arme – er kann ganz wunderbar umarmen – und küssen uns immer wieder. Hand in Hand machen wir uns auf. Wir begegnen ein paar Leuten die er kennt, er stellt mich als seine Freundin vor. Ich bin gerührt. Wie schön sich das anhört: Anna, die Freundin von Fabian.

Als wir am Strand ankommen, lassen wir uns nieder und essen. Das Wasser ist nicht klar, aber warm. Wir schwimmen eine Runde, küssen uns immer wieder. Es könnte nicht romantischer sein.

Ich kann immer noch nicht glauben, dass mir das passiert. Nach all den Jahren. Es ist, als würde ein Traum wahr. Aber ich schlafe nicht. Fabian gesteht mir, dass es ihm genauso geht. Er kann sein Glück noch gar nicht fassen. Wie schön sich das anfühlt, gegenseitige Liebe. Endlich stehe ich mal nicht allein mit meinen Gefühlen da. Und dann habe ich auch noch einen so tollen Mann erwischt.

Wir verabschieden uns an meinem Auto. Es fällt uns schwer, die Finger voneinander zu lassen, gerade, weil wir uns eben noch in Badesachen begutachten konnten und uns gefällt was wir sahen. Ich schlage vor, dass wir uns das nächste Mal bei mir zu Hause treffen. Er scheint darüber sehr erfreut. Ich kann es kaum erwarten. Ich will ihm endlich ganz nahe sein.

Als ich nach Hause komme finde ich eine Karte von meiner Schwester im Kasten. Ich wundere mich darüber sehr, ich glaube, das hat es vorher noch nie gegeben. Als ich sie lese, fällt mir die Kinnlade runter.

„Mein liebes Schwesterchen,

ich weiß, ich kann manchmal schwierig sein, aber das mache ich nicht mit Absicht und ich hoffe, du kannst mir verzeihen.

Ich möchte gerne mal wieder einen Abend mit dir verbringen, ohne Schlechtigkeiten und Vorhaltungen. Hast du dazu Lust?"

Krass. Das habe ich nicht erwartet. Und ich kann es noch gar nicht so richtig glauben. Sie ist endlich einsichtig. Was da wohl passiert ist? Vielleicht hat mein Schwager ihr mal den Kopf gewaschen…

Ich schreibe ihr eine SMS und sage, dass das klar geht. Das macht mich gerade irgendwie noch glücklicher. Friede, Freude, Eierkuchen ist ein Zustand, den ich sehr mag. Harmonie ist mir wichtig, ich hasse Streit. Ich bin froh, dass ich von ihr nichts derartiges mehr erwarten muss. Ich hoffe nur, sie kriegt auch wirklich die Kurve und hält sich an ihr Versprechen. Sagen kann man immer viel. Aber jetzt muss sie sich beweisen. Ich möchte das gleich mal austesten und verabredet mich für übermorgen mit ihr. Ich werde sie besuchen fahren. Fabian kommt morgen, so bringe ich alles unter einen Hut.

Eine Sache macht mir dennoch Sorgen. Fabian weiß nichts von meinen Depressionen. Muss er auch nicht, denn im Moment geht es mir gut. Ich bin schon zwei Jahre gesund, nehme zwar Tabletten, aber hatte keinen Rückfall mehr.

Wann sollte man einem neuen Partner davon erzählen? Gleich am Anfang, um alle Karten auf den Tisch zu legen, fairerweise? Oder lieber, wenn man sich schon eine Weile kennt? Klar, dann fällt es dem anderen nicht mehr so leicht, davonzurennen. Man hat eine gemeinsame Vergangenheit, gemeinsame Erinnerungen und im besten Fall starke Gefühle. Sollte der Erkrankte nicht eine Chance bekommen? Und würde er das, wenn er gleich damit rausrückt? Ich bezweifle es.

Ich beschließe, es zu erwähnen, wenn es sich richtig anfühlt. Ich will den richtigen Moment abpassen. Nicht zu früh, aber auch nicht erst nach einem Jahr oder wenn der nächste Rückfall mich erwischt. Ich werde ihm reinen Wein einschenken, aber ich gebe dem noch ein bisschen Zeit. Das habe ich verdient.

Der Abend rückt immer näher. Ich habe meine Wohnung auf Hochglanz poliert, alles ist pikobello. Ich habe gebadet und mich rasiert, für alle Fälle. Was ich doch hoffen will. Heute wird es ganz bestimmt passieren. Ich könnte nicht aufgeregter sein. Ich kann es kaum erwarten.

Pünktlich um 7 klingelt es. Er ist da! Ich stelle schnell den Herd ab, dann nehme ich ihn in Empfang. Wir verlieren nicht viel Zeit. Mit gesittet zu Abend essen wird das heute nichts. Wir fallen direkt übereinander her. Ich habe noch niemanden sich so schnell ausziehen sehen. Auch meinen Klamotten entledigt er mich mit ein paar Handgriffen. Hier weiß jemand, was er tut. Fabian hat Übung. Ich bin ein bisschen beeindruckt. Was bewirkt, dass ich ihn nur noch mehr will.

Das Vorspiel ist heiß, aber kurz. Er ist startklar. Und ich, überraschenderweise, auch. Bett ist heute aber nicht angesagt. Er lehnt mich gegen die Wand, hebt mich an und dringt in mich ein. Ich verliere fast den Verstand, so gut fühlt sich das an.

Er hält nicht sehr lange durch, er ist zu aufgeregt, aber das ist nicht schlimm. Wir können das später ja wiederholen. Und das machen wir. Erst gegen 11 machen wir eine Pause um uns zu stärken. Ich hatte ja immerhin gekocht. Nichts Spektakuläres, nur Nudelpfanne. Aber nach dem Liebesakt schmeckt es göttlich.

Da Fabian morgen zur Arbeit muss, beenden wir unsere Akrobatik für heute und schlafen Arm in Arm ein. Wir schlafen wie Babies.

5

„Hast du uns was mitgebracht?" fragen meine Nichte und mein Neffe mich beim eintreten.

„Na klar", antworte ich und hole für jeden einen Schokoriegel hervor. Damit sind sie erstmal beschäftigt und meine Schwester und ich können uns begrüßen. Ich danke ihr noch mal für die Karte und drücke sie feste. Ich bin wirklich erleichtert, dass alles gut ist. Sie scheint auch gute Laune zu haben. Dieser Abend verspricht viel.

Wir setzen uns auf die Terrasse, trinken ein Glas Wein und plaudern. Ich erzähle ihr meine guten und meine schlechten Nachrichten. Sie freut sich. Um den Job tut es ihr auch nicht leid. Sie findet, ich habe etwas Besseres verdient.

Sie erzählt mir ein paar Geschichten von den Kindern. Dann wird es Zeit, diese ins Bett zu bringen. Das ist heute meine Aufgabe. Ich lese jedem eine Geschichte vor, dann mache ich das Licht aus. Schlafenszeit.

Jetzt kann meine Schwester sich entspannen. Weil wir uns so gut unterhalten und ich mich wohl fühle – keine Anzeichen von Panik – beschließe ich, hier zu übernachten. Wir reden noch bis Mitternacht über uns und über das Leben, dann sind wir beide so k.o., dass wir fast mit offenen Augen einschlafen.

Ihr Mann ist auf Dienstreise, also legen wir uns beide ins Ehebett. Meine Schwester schnarcht, aber da ich so glücklich bin, kann ich trotzdem schlafen.

Am nächsten Morgen beim Frühstück überschlägt sich meine Schwester fast. Ich habe ausgeschlafen, sie hat in der Küche geackert. Es gibt alles was das Herz begehrt: Rührei, Brötchen, Pfannkuchen. Ich weiß gar nicht, was ich als erstes essen soll.

Die Stimmung ist gut. Wir machen unsere Scherze. Necken einander. Es ist wie früher.

Nach dem Essen machen wir uns auf zum Steinhuder Meer. Das Wetter ist mal wieder bombastisch – ideal für eine Bootsfahrt. Im Anschluss essen wir leckere Fischbrötchen. Die Atmosphäre ist entspannt und fröhlich. Ich bin froh, gekommen zu sein.

Später bringen die drei mich zum Zug. Heute Abend kommt Fabian wieder vorbei. Dafür muss ich mich noch ein bisschen ausruhen.

„Wow, du siehst umwerfend aus!" bewundert mich mein Freund.

Ich habe mich in Schale geworfen, eben zu diesem Zweck. Ich wollte ihn umhauen. Lange bleiben die Kleider aber nicht an meinem Leib. Wir beide sind absolut unersättlich. Dieses Mal hält er erstaunlich lange durch. Es fühlt sich fantastisch an.

Nachdem wir uns geliebt haben liegen wir uns in den Armen und reden. Dabei lässt Fabian eine Bombe fallen. „Möchtest du eigentlich keine Kinder?"

Das trifft mich unerwartet. Ist es für das Gespräch nicht noch ein bisschen zu früh? Er deutet mein Schweigen richtig und erklärt sich: „Ich meine nur, weil du bis jetzt keine bekommen hast. Möchtest du noch welche?"

„Ja, schon. Aber ich weiß nicht, ob ich welche bekommen kann", gebe ich zu. Jetzt kommt der Moment der Wahrheit.

„Hast du es schon mal vergeblich versucht?"

„Das nicht. Aber ich nehme Medikamente, mit denen ich nicht schwanger werden darf. Und ich weiß nicht, wann ich mal den Versuch starten kann sie abzusetzen." Jetzt ist es raus. Das wollte ich eigentlich noch nicht erzählen, aber hätte ich ihn anlügen sollen? Nein, ich denke nicht, denn dann wäre es später noch schwerer die Wahrheit zu sagen. Und das will ich ja auf jeden Fall irgendwann tun.

„Was denn für Medikamente?"

„Antidepressiva und ein Neuroleptikum." Ich warte seine Reaktion ab, kann aber in seinen Augen nicht lesen. „Ich bin schon seit zwei Jahren rückfallfrei, aber die Medis brauche ich noch." Fabian scheint das verdauen zu müssen. „Akzeptierst du mich jetzt noch?"

„Natürlich. Du kannst ja nichts dafür! Wie äußert sich das denn?"

Ich muss eine Entscheidung treffen. Soll ich es schönreden oder ihm die ganze Wahrheit sagen? Ich habe solche Angst, dass er mich gleich mit anderen Augen sehen wird. Und mich nicht mehr anziehend findet.

Dennoch, ich entschließe mich für Ehrlichkeit, die hat er verdient. „Ich bin tieftraurig, aber ich kann nicht weinen. Ich kann mich nicht mehr selbst versorgen. Vergesse zu essen und zu trinken. Und ich mache mir entsetzliche Sorgen. Male mir aus, was für schlimme Sachen mit meinen Lieben passieren könnten und glaube irgendwann, dass sie tatsächlich passiert sind. Denke, Leute sind gestorben und traue mich nicht nachzufragen und der Wahrheit, die keine ist, ins Gesicht zu schauen. Ich will nur noch schlafen, aber kann es nicht mehr. Ich liege wie in einer Starre wach. Ich kann mich auf nichts mehr konzentrieren. Und ich denke, mein Leben ist zuende. Denke, dass meine Freunde und Familie ohne mich besser dran wären und will mich umbringen. Ich traue mich nicht mehr vor die Tür und verstecke mich zu Hause. Aber irgendwann habe ich einen lichten Moment und mir wird klar, dass ich Hilfe brauche und die besorge ich mir dann. Das hat schon zwei Mal in einem Krankenhausaufenthalt geendet."

Ich merke, wie es in Fabian arbeitet. Das ist harter Tobak, das weiß ich. Er muss das verdauen. Aber das tut er ziemlich schnell. „Es ändert nichts an meinen Gefühlen für dich oder an unserer Beziehung. Versprich mir nur, dass du gut auf dich aufpasst."

Das verspreche ich ihm.

„Möchtest du denn Kinder?"

„Nicht zwanghaft. Aber falls es nicht klappen sollte, und der Wunsch besteht, gibt es ja noch andere Möglichkeiten."

„Du würdest adoptieren?"

„Klar. Absolut."

Das freut mich sehr und nimmt etwas den Druck raus. Auch für mich würde das in Frage kommen. Falls ich es wirklich nicht schaffen sollte, die Medis mal für ein Jahr abzusetzen. Denn das wäre wirklich riskant. Und ich hätte höllisch Schiss vor einem Rückfall. Ich weiß wirklich noch nicht, ob ich mir das antun kann. Ich müsste ein absolut stressfreies Leben führen und viel Rückhalt haben. Und selbst dann gibt es keine Garantie. So ist das Leben einfach nicht. Es passieren immer wieder Dinge, die einen aus der Bahn werfen können. Davor gibt es keinen Schutz.

Wir schweigen, bis wir beide einschlafen. Ich hoffe wirklich, dass mein Geständnis nichts zwischen uns ändert. Für mich ist meine Krankheit ein riesiges Manko. Aber er hat Recht, ich kann nichts dafür und deshalb sollte man mich nicht dafür bestrafen oder irgendwie anders behandeln. Ich bereue es ein bisschen, dass er es jetzt schon weiß. Aber ich bin auch ein wenig erleichtert, jetzt steht das nicht mehr ungesagt zwischen uns. Ich definiere mich nicht über meine Krankheit und hoffe, dass er es auch nicht tut.

„Morgen Sonnenschein", sagt er und blinzelt mir verträumt zu.

Wir liegen uns immer noch in den Armen. Ich glaube, das haben wir die ganze Nacht getan. Die Geständnisse vom gestrigen Abend scheinen nichts verändert zu haben.

„Ich hab Hunger. Soll ich uns was zum Frühstück machen?" frage ich ihn.

„Nein, keine Freundin von mir muss in der Küche ackern. Zumindest nicht heute. Wir gehen frühstücken!"

Gesagt getan. Wir sitzen in einem kleinen, gemütlichen Café und lassen es uns gut gehen. Die Bedienung ist freundlich, das Essen gut. Alles in Butter.

„Ich möchte nur noch mal sagen: Ich bin froh, dass du ehrlich zu mir warst. Und es macht mir wirklich nichts aus. Selbst wenn du noch mal einen Rückfall haben solltest, was ich mit allem in meiner Macht stehendem vorzubeugen versuche, bin ich trotzdem noch an deiner Seite. Ich kenne diese Krankheit. Mein Onkel leidet auch daran. Und ein paar Freunde. Es sind die besten Leute die ich kenne."

Seine Worte erleichtern mich ungemein. Jetzt habe ich auch wieder richtig Appetit und schlage ordentlich zu.

Fabian hat den Vormittag frei. Er arbeitet für einen Konzertveranstalter und wird erst später dort aufschlagen. Heute Abend ist eine Veranstaltung, das heißt, wir werden uns dann nicht sehen können.

„Wenn du möchtest, kannst du auch gerne mitkommen", bietet Fabian mir an.

„Was für ein Konzert ist es denn?"

„U2"

„Wow, das ist eine meiner Lieblingsbands. Kannst du mich da denn einfach so mitnehmen?"

„Klar, ich habe immer ein Plus 1 für alle Konzerte. Komm mit! Ich hätte dich gerne dabei."

Das lasse ich mir nicht zwei Mal sagen. Ich habe alle Alben dieser Band und kenne fast alle Lieder auswendig. Ich habe sie vor Jahren schon mal live gesehen und es war der Hammer.

„Fein. Sie spielen im Stadion. Dann treffen wir uns am besten um 7 vorne am Eingang. Vergiss dein Handy nicht."

Ich freue mich riesig. Zwar habe ich auch die Befürchtung, dass ich eine Panik bekommen könnte. Es sind einfach eine Masse Leute. Aber ich versuche, mich davon abzulenken. Nein, heute nicht, denke ich mir. Ich will das genießen.

Fabian wartet mit ein paar Kollegen und deren Anhang am Eingang. Sie haben seit dem frühen Nachmittag hart an den Vorbereitungen gearbeitet. Wir stellen uns vor. Ich sage nur meinen Namen und Fabian ergänzt ihn mit dem Zusatz ‚meine Freundin', was mich zum strahlen bringt.

„Wir gehen direkt zum Front of Stage durch. Ich will mich in die Menge stürzen, nicht auf der langweiligen Tribüne weit ab vom Schuss versauern"; sagt Martin, Fabians Kollege.

Das gefällt mir. Ich war in meinen jungen Jahren mehrmals bei Rock am Ring und stand dort immer in der sechsten Reihe. Da bekommt man einfach alles mit. Weiter hinten ist es wie Fernsehen gucken, finde ich. Ich muss ganz nah ran. Will die Gesichter nicht nur auf der Leinwand sehen.

Die Vorband ist gut und bringt uns in Stimmung. Doch dann betritt Bono die Bühne. Alles jubelt. Sie legen los, mit Volldampf. Es ist noch viel besser als ich es in Erinnerung habe.

Ich kenne jeden einzelnen Song und singe aus voller Kehle mit. Sehr zu Fabians Freude. Er mag meine Stimme, auch wenn er sie bei dem Lärm nur schwer ausmachen kann. Ich bin glücklich.

„Danke, dass du mich mitgenommen hast", brülle ich meinem Freund ins Ohr.

„Jederzeit gerne!"

Auf dieses Angebot werde ich auf jeden Fall zurückkommen.

Den Rest des Abends verbringen wir bei Fabian. Er hat eine richtige Junggesellenbude. Aber sauber und ordentlich. Und er hat ein anständiges Bücherregal, was mich sehr freut. Ein lesender Mann, sehr sexy.

Nachdem wir uns geliebt haben, schläft er friedlich ein. Aber ich kann das nicht. Der Abend und die letzten Tage haben mich, auf positive Art, aufgewühlt. Ich tue etwas, was ich schon lange nicht mehr getan habe – ich schreibe ein Gedicht. Auf Englisch. In der Sprache kann ich meine Gefühle irgendwie besser ausdrücken.

„Breathing to a sigh,
she asked herself why
dreams burst like bubbles
and hope has learned to fly.

Darkness came creeping around,

tried to be her friend,
grabbed hold of her hand.

But her feet pushed the cloud
as she took a dive
into the deep of the ocean.

Suddenly alive,
heavy loads untied themselves
to venture further down,
while she emerged
to breathe again.

Das beschreibt so ziemlich genau wie es einem geht, am Ende einer depressiven Phase. Wenn die Hoffnung wieder zum Leben erwacht. Und durch Fabian ist bei mir eine Menge Hoffnung wach geworden.

Als ich ihm das Gedicht vorlese ist er begeistert. „Du solltest mehr davon schreiben. Oder vielleicht mal ein Buch. Du hast auf jeden Fall Talent!"

Das freut mich zu hören. Und ja, er weiß es nicht, aber ich arbeite seit Jahren an einem Buch. Das sollte ich vielleicht mal wieder in Angriff nehmen – jetzt habe ich ja Zeit. Und inspiriert fühle ich mich auch. Es wird eine Autobiographie werden. Ich bin zwar noch recht jung dafür, aber es ist so viel passiert in meinem Leben, definitiv genug Stoff für ein Buch.

Fabian bringt mir Müsli und Kaffee ans Bett. So lässt es sich leben!

„Du verwöhnst mich. Vorsicht, sonst gewöhne ich mich noch daran."

„Das kannst du ruhig. Ich werde nicht nachlassen."

Zu gut, um wahr zu sein.

6

Die letzten Wochen waren wundervoll. Fabian hat in der Tat nicht nachgelassen. Er verwöhnt mich und gibt mir so viel Liebe, dass es sich fast unwirklich anfühlt. Auch mit meiner Familie läuft prima. Ich sehe sie regelmäßig und das tut mir gut.

Ich konnte meine Medikation schon erheblich reduzieren und vertrage das gut. Keine Anzeichen eines Rückfalls. Zwischen Fabian und mir kommt immer wieder das Thema Kinder zur Sprache. Wenn es weiter so gut läuft, ist das auf jeden Fall etwas, das für uns in Erfüllung gehen könnte.

Momentan verhüten wir mit einer Hormonspirale, doch diese habe ich mittlerweile fünf Jahre, was heißt, dass sie entweder nur entfernt oder ausgetauscht werden muss. Wir haben uns für nur entfernen entschieden. Ich bin schon ganz aufgeregt. Ich habe seit 15 Jahren keine Periode gehabt, irgendwie freue ich mich darauf. Obwohl ich immer schlimme Krämpfe hatte. Aber vielleicht jetzt nicht mehr.

Heute ist mein Termin bei der Ärztin. Sie ist, wie immer, ein wenig durch den Wind, aber sehr nett.

„Sie wollen also doch noch Nachwuchs?" fragt sie mich begeistert. Sie ist auf jeden Fall ein Kinderfan.

„Wenn alles glatt läuft, ja."

Sie beglückwünscht mich zu meiner Entscheidung und entfernt die lästige Spirale. Danach erfolgt noch die jährliche Untersuchung – alles okay.

Ich fühle mich anders. Fruchtbar. Wieder wie eine richtige Frau. Es mag komisch klingen, aber mir hat irgendwas gefehlt. PMS, wahrscheinlich. Mal sehen, wie das so wird.

„Kommst du heute mit zu Coldplay?" fragt mich Fabian am Telefon.

„Auf jeden Fall! Das ist auch eine meiner Lieblingsbands." Er scheint ein Gespür für meinen Geschmack zu haben. Oder er hat heimlich meine CD-Sammlung inspiziert.

Der Abend ist also verplant. Eigentlich wollte ich mal wieder bei Sandra und Samuel vorbeischauen. Aber das mache ich dann eben ein andermal. Vielleicht mit Fabian zusammen. Meine Familie hat er inzwischen kennen gelernt. Und alle haben sich gut vertragen. Aber meine Freundinnen kennt er nur von Erzählungen. Sie haben einfach zu viel um die Ohren, mit kleinen Kindern und Jobs.

Das Konzert ist, wie erwartet, der Hammer. Ich singe aus voller Kehle, sehr zu Fabians Freude. „Es tut so gut, dich so glücklich zu sehen", schreit er in mein Ohr. „Dadurch genieße ich das hier noch mehr."

Ich antworte ihm mit einem Kuss.

„Weißt du eigentlich, wie glücklich du mich machst?"

Ich kann es nur ahnen. Aber anscheinend sehr. „Du mich auch, mein Schatz. Du mich auch!"

Den Rest des Abends verbringen wir wieder bei ihm, weil er in der Nähe wohnt. Wir liegen uns eine Weile schweigend in den Armen, dann macht er einen Vorschlag: „Willst du nicht hier einziehen?" Wow, Nägel mit Köpfen. Das kommt überraschend, aber ich habe auch schon darüber nachgedacht. „Platz ist genug. Du kannst dich hier voll ausbreiten."

Das stimmt. Er hat eine geräumige Dreizimmerwohnung, die sogar ihm gehört. Er verdient gut als Veranstalter. Ich würde eine Menge Geld an Miete sparen.

Ich muss gar nicht lange nachdenken. Wir verstehen uns prima, ich liebe ihn und will ihn so viel wie möglich um mich haben. Meine Antwort lautet Ja.

In den nächsten Tagen kündige ich meine Wohnung, packe schon mal ein paar Sachen und ziehe bei Fabian ein. Ich habe meine Möbel online zum Verkauf gestellt. Das geht hoffentlich fix.

Fabian wird also der erste Mann mit dem ich zusammen lebe. Ich hätte es schlimmer treffen können.

Das Probewohnen ist bisher prima gelaufen. Und das Gefühl, dass es mit uns nun richtig ernst wird, gefällt uns beiden. Keiner bekommt kalte Füße, niemand will ausbrechen. Es fühlt sich einfach nur richtig an. Wenn ich komplett bei ihm eingezogen bin, möchte ich meine Medikamente versuchsweise ganz absetzen. Erstmal für sechs Wochen, dann entscheidet sich, ob man damit klar kommt. Wenn das klappt, steht einer Schwangerschaft nichts mehr im Wege.

Noch vor einem Jahr hätte ich nie gedacht, dass ich jemals an diesen Punkt gelangen würde. Mit Beziehungen habe ich schlechte Erfahrungen. Nicht nur, natürlich gab es auch schöne Momente, aber die Männer haben mich irgendwann entweder nur noch genervt oder schlecht behandelt. Beides nicht ideal. Es ist für mich immer noch wie ein Wunder, dass Fabian und ich uns wieder-gefunden haben. Nach all den Jahren. Doch mit den gleichen Gefühlen füreinander. Ich traue dem Braten aber noch nicht. Irgendetwas Schlimmes wird noch passieren. So viel Glück kann niemand haben. Oder? Aber wenn ich an die Zeiten denke, in denen ich fast nur Pech hatte, habe ich es doch irgendwie verdient.

„Möchtest du heute Pizza oder Indisch?" Fabian verwöhnt mich.

„Indisch!" antworte ich. Es geht doch nichts über Chicken Madras. Und gesünder ist es auch. Ich muss ein bisschen aufpassen, ich habe in den letzten Monaten wieder ein paar Kilo zugenommen. Fabian findet das nicht schlimm, er sagt immer

‚Liebe kennt keine Konfektionsgrößen'. Aber mich stört es ein bisschen. Ich sollte in den nächsten Wochen vielleicht ein Mal mehr ins Fitnessstudio gehen.

Nach dem Essen sind wir zu vollgestopft um uns zu rühren. Ja, der Sex hat ein wenig nachgelassen. Wir fallen nicht mehr so oft übereinander her wie am Anfang. Aber wenn wir uns lieben, und das ist immer noch oft genug, dann voller Leidenschaft.

Das bisherige Zusammenleben hat mir eine kleine Macke von ihm aufgezeigt. Er lässt überall seine Klamotten liegen. Das stört mich aber nicht weiter, ich habe kein Problem damit, sie aufzuheben und zu sortieren. Vielleicht sollte ich das nicht tun, aber was soll's. Es ist die einzige Macke bisher und ich kann damit leben. Auch auf Dauer, denke ich.

7

Die letzten Wochen hat das Zusammenleben auch weiterhin gut funktioniert. Heute ist mein offizieller Einzug. Da ich erwachsen bin und meine Freunde nicht mehr einspannen möchte, habe ich einen Umzugsdienst beauftragt. Die meisten Möbel habe ich verkauft. Ich habe nur meinen Kleiderschrank behalten, weil in Fabians für all meine Klamotten nicht mal annähernd genug Platz ist.

Ich nehme mittlerweile keinerlei Medikamente mehr, schon seit zwei Monaten. Und es geht mir gut damit. So wie es aussieht, können wir Nachwuchs planen. Je erreichbarer dieses Ziel wird, desto mehr will ich es auch. Fabian und ich reden häufig darüber. Er kann es gar nicht erwarten, Vater zu werden.

Am Abend, nachdem ich den größten Teil meiner Sachen ausgepackt und verstaut habe, bestellen wir uns zur Belohnung Pizza. In letzter Zeit habe ich jedoch öfter für uns gekocht. Das ist sozusagen ein Hobby von mir geworden. Als Mutter muss man kochen können und ich übe schon mal. Es entspannt mich. Und es ist ein tolles Gefühl, etwas Leckeres gezaubert zu haben. Fabian ist auch begeistert. Aber heute Abend habe ich frei.

Als wir später im Bett liegen sagt er nur: „Ich bin bereit."

Ich weiß nicht sofort was er meint und muss nachfragen.

„Lass uns ein Baby machen."

Sein Vorschlag plättet mich. Aber es könnte sogar klappen, ich müsste die Tage meinen Eisprung haben. Er ist also definitiv bereit. Und ich? Ich bin es auch!

Den Rest der Nacht verbringen wir damit, ein Baby zu machen.

„Meinst du, es hat geklappt?" fragt er mich ein paar Tage später.

„Ich weiß es nicht. Es könnte sein. Lass uns den Test machen…"

Nach einer Minute wissen wir mehr. Ich bin nicht schwanger. Wir sind beide ein wenig geknickt. Aber hey, dass es beim ersten Mal klappt kann keiner wirklich erwarten.

„Dann müssen wir ja noch mal Sex haben. Oje…", scherzt Fabian.

„Ja, das ist wirklich ein hartes Los. Aber zum Glück erst wieder in einem Monat." Wir müssen lachen und fallen übereinander her.

„Was wünscht du dir am meisten?" fragt er mich hinterher. „Einen Jungen oder ein Mädchen?"

„Völlig egal. Ich nehme was kommt. Und du?"

„Auch beides. Vielleicht gerne einen Jungen. Aber es ist eigentlich egal."

„Na, wenn ich da nicht ganz klar eine Vorliebe raushöre…"

„Ja, okay, einen Jungen. Aber ein Mädchen wäre auch toll. Nur muss man auf die immer aufpassen."

„Wir erziehen sie einfach so, dass sie auf sich selbst aufpassen kann."

„Und wie soll das gehen?"

„Mit drei Jahren schicken wir sie zum Kampfsport."

Ich meine das natürlich im Scherz und wir beide lachen, aber ganz so abwegig ist das eigentlich nicht. Vielleicht nicht mit 3, aber mit 10 müsste das gehen.

„Hast du dir schon mal Namen überlegt?"

Das habe ich in der Tat. „Für ein Mädchen finde ich Marie schön und für einen Jungen Benjamin."

„Die gefallen mir auch. Weil du das Kind schließlich austrägst, darfst du bestimmen."

Das finde ich gut, es ist nur fair.

„Meinst du, wir werden gute Eltern?" frage ich ihn.

„Das glaube ich schon. Du bist geduldig und liebevoll, clever und lustig. Und ich bin auch nicht ganz so übel."

„Wer von uns beiden wird der Strenge?"

„Oh, das will keiner sein, nehme ich an. Wie wäre das, wir wechseln uns ab."

„Würde das das Kind nicht verwirren?"

„Ich denke nicht. Es hat einfach Eltern, die nett sind, aber wenn sie es zu weit treibt klare Grenzen ziehen. Das müsste doch gut klappen."

Er hat mich überzeugt. „Du hast ‚sie' gesagt!" stelle ich erfreut fest.

„Ja, oder er. Es ist mir anscheinend wirklich egal. Und vielleicht, wenn alles gut geht, bekommen wir ja von jedem eins."

„Möchtest du zwei Kinder?"

„Ja, wenn es klappt. Einzelkind zu sein muss scheiße sein."

„Das glaube ich auch. Und wenn die Eltern mal tot sind, stehen sie ganz alleine da."

Da Fabian noch nicht alle meine Freunde kennt und ich nur wenige von seinen, veranstalten wir eine Einweihungsparty und laden alle ein. Zum Glück hat er eine große Wohnung, denn es werden um die 30 Leute kommen. Wir haben auch gute Bekannte eingeladen – eine gute Gelegenheit sie mal wieder zu sehen.

Es wird kein Essen geben, nur Getränke, deswegen beginnt die Feier erst um 9. Ich weiß nicht, wen genau Fabian eingeladen hat, aber ich hoffe, dass sich unsere Freunde verstehen werden. Aber selbst wenn nicht, dann gibt es ja genug Ausweichmöglichkeiten. Tut man sich eben mit jemand anderem zusammen.

Wir bekommen eine Menge Einweihungsgeschenke, oder eher die Andeutung von Geschenken. Hauptsächlich Gutscheine für ein Möbelhaus, dabei sind wir ausgestattet. Aber das ist nicht schlimm, vielleicht geht mal was kaputt. Oder wir benutzen sie, sollten wir bald ein Kinderzimmer einrichten.

Um 10 sind alle da und es wird wild durcheinander geredet. Zwei der Gäste – eine Freundin von mir und ein Kumpel von Fabian – kennen und hassen sich. Sowas kann passieren. Nur werden sie immer betrunkener und die Aggression macht sich mehr und mehr Luft.

„Du bist ein scheiß Fremdgeher!" brüllt meine Freundin.

„Ja, weil du die Beine nicht auseinander gekriegt hast, du frigide Kuh!"

Okay, es sieht so aus, als ob ihre Antipathie auf einer gemeinsamen Geschichte beruht. Offenbar waren sie mal zusammen. Soll man da eingreifen oder soll man versuchen wegzuhören und sie sich ausstreiten lassen?

Wir anwesenden scheinen uns für peinlich berührtes Ignorieren zu entscheiden.

„Warum wolltest du denn überhaupt mit mir zusammen sein, wenn ich so schlimm war?" fragt Ariane.

„Weil ich dich geliebt habe, du dumme Kuh!"

„Das nennst du Liebe? Du meinst wohl, dein Schwanz hat mich geliebt?"

„Ja, klar, der auch."

„Der scheint ja ein großes Herz zu haben, so viele Frauen wie darin Platz finden!"

„Hat er auch. Aber was ist mit deinem Herz? Ich hatte nur einen Ausrutscher und du bringst es nicht fertig mir zu vergeben…"

„Weil du es wieder tun würdest, du Arschloch! Weißt du eigentlich, wie sehr du mir weh getan hast?"

„Es tut mir leid, Baby. Das wollte ich nicht!" Er schaut sie mit einem sehr überzeugenden Hundeblick an. Der würde mich auf jeden Fall schwach machen, wenn ich an ihrer Stelle wäre. Fremdgeher oder nicht. Und er scheint auch bei ihr Erfolg zu haben. „Kannst du mir denn nicht endlich verzeihen?"

Sie scheint zu überlegen. Aber sie hat keine Antwort für ihn.

„Können wir wenigsten einen zusammen trinken und darüber reden?"

Sie nickt. Na also, geht doch. Friede, Freude, Eierkuchen. Ich halte zwar auch nicht viel von Fremdgehern, aber wenn er aus seinem Fehler gelernt hat, hat er sicher noch eine Chance verdient.

Ich genieße diese Party richtig, obwohl man als Gastgeber auch immer ein bisschen Stress hat. Aber den teilen Fabian und ich uns ja zum Glück.

Vor einem Jahr noch hätte ich so einen Abend nie veranstaltet. Weil einfach die große Gefahr bestanden hätte, eine Panikattacke zu bekommen. Wäre das passiert, hätte ich den Abend abbrechen und alle nach Hause schicken müssen. Das ist heute nicht mehr der Fall. Ich habe ehrlich gesagt gar keinen Gedanken an die Panik verschwendet. Ich weiß auch gar nicht so recht, wann ich die letzte Attacke hatte. Es muss Wochen her sein. Ich bin einfach ausgeglichen, mit meinem Leben zufrieden und habe keine großen oder unlösbaren Probleme. Ich bin glücklich. Nicht zuletzt wegen Fabian, der mich gerade zum tanzen auffordert.

Wir bewegen uns im Rhythmus zu ‚Careless Dancer' von George Michael, einem meiner Lieblingslieder. Das weiß Fabian, deshalb tanzen wir dazu. Er kann so romantisch sein. Ohne dabei wie ein Weichei zu wirken oder sich lächerlich zu machen. Er hat da einfach eine natürliche Begabung. Und schafft es immer wieder mich umzuhauen. Erst neulich, als wir in der Stadt einen Bummel gemacht haben und am Rathaus vorbeigekommen sind, hat er mir vom Boden ein kleines rotes Herz aufgehoben und überreicht. Das muss von einer Hochzeit dort übrig geblieben sein. Er war dabei so süß, dass ich ihn auch auf der Stelle geheiratet hätte.

Es ist seltsam. Wir planen Nachwuchs, wir wohnen zusammen, aber übers Heiraten haben wir beide noch kein Wort verloren. Vielleicht, weil es uns nicht wichtig ist. Mir jedenfalls nicht. Ich kann ihn ja mal fragen. Oder auch nicht. Es ist wirklich völlig egal. Ich glaube sogar, dass man ohne heiraten glücklicher ist. Man hat den anderen nicht sicher, eine Trennung würde leicht sein, deswegen muss man sich mehr anstrengen und tut das dann auch. Ich will mich nicht durch einen Vertrag fesseln lassen, ich will mich jeden Tag aufs Neue für meinen Partner entscheiden. Das heißt natürlich nicht, dass man bei jedem kleinen Problem gleich die Flinte ins Korn schmeißt. Und das tut man ja auch nicht, wenn man sich liebt. Ich bin also gegen das Heiraten, ich sag es wie es ist. Außerdem bedeutet die Planung eine Menge Stress. Und den sollte ich tunlichst vermeiden, in meinem Zustand, so ungeschützt, ohne Medikamente.

Die Party ist um Mitternacht immer noch in vollem Gange. Keiner scheint gehen zu wollen. Es macht ihnen also Spaß. Ein voller Erfolg. Vielleicht sollten wir noch mal zwei Parties geben – eine nur mit meinen und eine nur mit Fabians Freunden, denn wir unterhalten uns größtenteils mit unseren eigenen Leuten, weil wir sie auch so wenig sehen. Die noch Unbekannten bleiben weiterhin unbekannt. Aber das ist nicht schlimm. Das machen mir irgendwann mal. Wir haben ja noch unser ganzes Leben Zeit dafür.

Ja, tatsächlich, ich plane, mein ganzes restliches Leben mit Fabian zu verbringen. Ich möchte mit ihm alt werden. Das kann ich mir sehr gut vorstellen. Er ist der erste Mann bei dem ich so empfinde und mit dem das auch tatsächlich etwas werden könnte. Wir haben neulich darüber gesprochen und er sieht uns auch in mehreren Jahrzehnten noch zusammen. Klar, es kann immer irgendwas sein. Einer von uns könnte krank werden oder einen Unfall haben, der tödlich endet – das würde die Pläne natürlich kreuzen. Aber wenn wir beide gesund bleiben und niemand stirbt, sehen wir uns im Alter zusammen. Das finde ich mega romantisch. Viel romantischer noch als einen Heiratsantrag.

Ich werde langsam müde. Die ersten sind schon gegangen, aber es sind immer noch mindestens 20 Leute in unserer Wohnung. Hauptsächlich die Freunde von Fabian. Sie arbeiten größtenteils auch in der Veranstaltungsbranche, das sind harte Feierer. Die bleiben wahrscheinlich, bis man sie rauswirft. Oder bis der Alkohol alle ist.

Ariane und Markus sitzen auf unserer Couch und knutschen. Da scheinen sich zwei wieder sehr gut zu vertragen. Freut mich, dass unsere Party das möglich gemacht hat. Ich hoffe nur, er nutzt seine Chance weise. Ariane ist eine liebe Freundin und wenn er sie verletzt bekommt er es mit mir zu tun.

Um zwei Uhr morgens bin ich platt und kann nicht mehr. Das sage ich Fabian. Zehn Minuten später sind wir allein. Dafür liebe ich ihn. Er erfüllt mir alle Wünsche, sorgt dafür, dass es mir gut geht – er tut mir einfach nur gut.

Wir lassen die Unordnung Unordnung sein und gehen schlafen.

8

Am nächsten Morgen ist mir speiübel. Ich wundere mich, denn ich habe nicht viel getrunken. Aber ich muss mich übergeben. Habe ich vielleicht etwas Falsches gegessen? Ich kann es mir nicht vorstellen. Da kommt mir ein Gedanke, den ich gar nicht zu denken wage. Ich hole einen der Tests hervor und setze mich auf die Toilette. Eine Minute später steht das Ergebnis fest. Ich bin tatsächlich schwanger. Schwanger! Ich! Ich kann es gar nicht glauben. Ich freue mich so dermaßen. Aber noch kann alles schief gehen. Viele Schwangerschaften erledigen sich noch in den ersten Wochen. Vielleicht bin ich schon bald nicht mehr in froher Erwartung. Aber ich habe Schwierigkeiten, meine Euphorie im Zaum zu halten. Das muss ich Fabian erzählen. Sofort!

Er schläft noch. Es ist noch früh, ich will ihn irgendwie nicht wecken. Aber ich muss es jemandem erzählen. Und der einzige der in Frage kommt ist er.

Nein! Ich werde mich gedulden. Ich mache mir Frühstück und streichle meinen noch nicht vorhandenen Bauch. „Hallo Kleines. Ich freue mich so, dass du da bist", rede ich vor mich hin. „Ich hoffe du bleibst bei uns und wir können dich ganz bald kennen lernen."

Ich möchte gerne einen Kaffee trinken, aber das ist nun nicht mehr erlaubt. Wie so viele andere Dinge. Ich liebe Sushi über alles – gestrichen. Aber es ist ja nicht für lange. Und es ist die Sache ja wert. Mein Gott, ich glaube ich kann es erst wirklich begreifen, wenn ich es einmal ausgesprochen habe. Wir werden Eltern. Ich werde Mutter. Zeit, ein paar Ratgeber zu besorgen. Oder? Besser nicht? Auf die Intuition verlassen, so wie unsere Eltern? Ich will mich nicht verrückt machen. Aber informiert möchte ich schon sein. Vielleicht frage ich mal meine Freundinnen, wie sie es gemacht haben. Aber jetzt noch nicht. Erstmal sicher sein, dann kann ich es ihnen erzählen.

Fabian schläft noch immer, ich bin schon zwei Stunden wach. Wir sind zur gleichen Zeit eingeschlafen, er ein bisschen vor mir. Also müsste er doch auch bald mal aufwachen. Um mir die Zeit zu vertreiben schaue ich im Internet ein wenig nach Babyzubehör. Das ist alles ziemlich teuer. Vielleicht haben meine Freundinnen noch Sachen die sie nicht mehr brauchen. Auch das werde ich in ein paar Wochen in Erfahrung bringen.

Es ist alles so aufregend. Dieser kleine Wurm wird unser Leben sowas von durcheinander bringen. Ich kann es kaum erwarten. Klar, ich habe auch ein wenig Schiss.

Je mehr ich hier so mit mir alleine sitze, und die erste Euphorie verfliegt, desto mehr mache ich mir plötzlich Gedanken. Was, wenn ich einen Rückfall erleide? Das darf auf keinen Fall passieren, denn ich darf keine Medikamente nehmen. Das wäre der absolute Super-Gau. Etwas Schlimmeres kann ich mir gar nicht vorstellen. Das würde mich und mein Baby unheimlich stressen. Und das ist nie gut. Ich kriege es ein wenig mit der Angst zu tun. Aber dann schaltet sich mein Verstand wieder ein. Warum sollte ich einen Rückfall bekommen? Ich arbeite nicht und habe auch so keinen Stress. Ich brauche mir um nichts Sorgen zu machen. Ich habe einen guten Mann an meiner Seite und wir sind finanziell gut abgesichert. Wenn niemand stirbt, sollte alles okay sein.

Endlich kommt Fabian aus dem Schlafzimmer geschlürft. Er hat definitiv gestern getrunken. Ihm scheint es nicht so besonders zu gehen. Warte nur, bis ich dir die Neuigkeiten überbringe, denke ich.

„Schatz, bevor du irgendetwas machst, setz dich zu mir, ich muss dir etwas sagen."

Er schaut mich sorgenvoll an. So wie ich es ausgedrückt habe scheint er das Schlimmste zu befürchten.

„Keine Sorge, es sind gute Neuigkeiten", besänftige ich ihn. Ich hole den Schwangerschaftstest aus der Tasche meines Morgenmantels und strecke ihm meine Hand entgegen.

„Kann sein, dass ich noch schlafe und das träume, aber ist der positiv?"

„Der ist positiv!" Ich schaue ihm fest in die Augen. „Wir bekommen ein Kind."

Fabian ist für einen kurzen Moment auf einem anderen Planeten. Dann fängt er sich und rastet aus vor Freude. Er nimmt mich hoch und wirbelt mich durch die Luft bis mir schwindelig wird.

„Ich bin der glücklichste Mensch der Welt!" ruft er in den leeren Raum.

Wir strahlen um die Wette. Ich glaube, weder er noch ich waren in unserem Leben je glücklicher. Es ist das Beste was passieren konnte. Wir merken jetzt erst, wie sehr wir es uns gewünscht haben. Gott, lass alles gut gehen, denke ich im Stillen. Lass uns das gut überstehen, mich und das Kleine.

Fabian sage ich nichts von meinen Sorgen, das behalte ich besser für mich. Wenn ich darüber reden würde, würde ich mich vielleicht noch mehr hineinsteigern. Und das kann nicht gut sein. Es reicht, wenn ich mir darüber Gedanken mache. Er soll es nicht auch noch tun.

Den restlichen Tag verbringen wir im Bett. Wir sind beide vom gestrigen Abend k.o. und feiern heimlich und alleine unser großes Glück.

Am Abend bestellen wir uns Chinesisches Essen und schauen ‚Interview mit einem Vampir', einen Klassiker. Aber wir bekommen beide nichts von der Geschichte mit. Wir fahren unseren eigenen Film.

Morgen früh werde ich zu meiner Frauenärztin gehen und die Schwangerschaft bestätigen lassen. Ich drücke uns die Daumen.

Die nächsten 12 Wochen werde ich mich ausruhen, moderat Sport machen – schwimmen, das ist mein Körper gewohnt. Ich werde mich gesund ernähren und viel lesen, das tut der Seele gut.

Fabian und ich verstehen uns bestens. Vielleicht sogar noch ein bisschen besser als zuvor. Eine Schwangerschaft schweißt zusammen.

9

Ich war gerade bei meiner Frauenärztin. Ich bin immer noch schwanger, mittlerweile in der 13. Woche. Alles sieht gut aus. Jetzt können wir es endlich allen erzählen.

Als erstes fahre ich zu meiner Schwester nach Neustadt. Sie war ja immerhin diejenige, die schon die Hoffnung aufgegeben hatte. Das will ich ihr jetzt natürlich unter die Nase reiben. Ich habe zwei Babysöckchen besorgt, die werde ich auf den Tisch legen und dann zuschauen, wie ihr die Kinnlade runter klappt.

„Hey mein Schwesterherz! Schön, dass du mich besuchst." Sie freut sich offenbar und scheint bester Laune zu sein. Das freut mich wiederum.

„Ja, ich dachte, es wäre mal wieder Zeit. Wir haben uns schon zwei Monate nicht gesehen." Das war eigentlich eher meine Schuld. Ich wusste nicht, wie ich anders die Schwangerschaft für mich hätte behalten können.

„Da hast du Recht. Aber wir waren ja auch verreist. Immerhin zwei ganze Wochen, über Weihnachten und Silvester."

Das stimmt. Ich erinnere mich an eine Postkarte aus Mallorca. Sie haben es sich da richtig gut gehen lassen.

„Setz dich, ich muss dir was sagen", bricht es aus mir heraus. Ich kann nicht länger warten. Ich bin so gespannt auf ihre Reaktion.

„Ach du je, ist etwas passiert?" Sie scheint sich Sorgen zu machen, jetzt muss ich schnell damit rausrücken.

„Sozusagen, ja. Vor drei Monaten etwa." Ich hole die Söckchen aus meiner Tasche und lege sie vor sie hin.

„Nein, du bist schwanger?" ruft sie voll Euphorie.

„Ja, 13. Woche. Alles gesund bisher."

„Ich fasse es nicht. Damit hab ich ja nun gar nicht gerechnet!"

„Ich weiß, du hattest die Hoffnung schon aufgegeben…"

„Der blöde Spruch tut mir leid. Mensch, ich freu mich so für euch. Und natürlich für mich. Ich werde Tante! Endlich!"

„Freut mich, dass ich dich glücklich machen kann", sage ich und bin selbst überrascht wie viel Liebe in meinen Worten mitschwingt.

„Wenn du noch Babysachen brauchst, sag Bescheid. Ich hab zwar nichts mehr, aber ich kann Freundinnen fragen."

„Das ist lieb, aber ich frage meine. Falls die nichts mehr haben, komme ich aber auf dein Angebot zurück."

„Das kannst du gerne. Du darfst ja nicht, aber macht es dir was aus, wenn ich einen Sekt trinke?"

„Iwo, nur zu. Trink einen für mich mit."

Sie holt sich die Flasche und ein Glas, dann setzt sie sich wieder zu mir.

„Wenn du mal Rat brauchst, oder Fragen hast, kannst du dich immer bei mir melden – das weißt du hoffentlich…"

„Danke, Große, das werde ich machen!"

Ich fühle mich gut. Wir verstehen uns endlich wieder. Ich habe sie mit dieser Nachricht so glücklich gemacht. Alles ist bestens. Wir verbringen noch den Rest des Nachmittags zusammen, dann verabschiede ich mich. Ich muss noch ein paar Freundinnen anrufen.

Sandra und meiner Mutter möchte ich es persönlich erzählen. Mit den Beiden mache ich für die nächsten Tage Termine aus. Den anderen erzähle ich es heute noch, am Telefon.

Sie sind alle aus dem Häuschen und freuen sich riesig für mich. Ihre Freude macht die ganze Sache noch mehr zu etwas besonderem. Wer hätte das Gedacht, dass ich, mittlerweile 38, doch noch mal werfe. Sie bieten mir alle ihre Hilfe an und auch gleich ein paar Sachen für das Baby. Ich nehme dankend an.

Vom vielen telefonieren bin ich müde geworden. Fabian ist wieder auf einer Veranstaltung, also bin ich heute Abend allein. Ich werde früh schlafen gehen. Eine werdende Mutter braucht Erholung.

„Hallo Ma!" rufe ich meiner Mutter entgegen. Wir sind im Leine Center, einem Einkaufszentrum in Laatzen bei Hannover. Hier in der Nähe wohnt meine Mutter. Wir haben uns zum Essen verabredet. Asiatisch. Sie hat mich noch nicht gesehen. Doch dann dreht sie sich zu mir und winkt.

„Mein Kind, was siehst du gut aus. Du strahlst ja richtig!" Sie merkt aber auch alles. Nur scheint sie nicht die richtigen Schlüsse zu ziehen. „Machst du gerade eine besondere Diät?"

„Nein, das ist nicht der Grund. Setz dich. Ich bestelle für uns." Das tue ich, dann geselle ich mich wieder zu ihr.

„Also, was ist dann der Grund?"

Ich hole wieder die Söckchen hervor und lächle sie an.

„Waaas, du bist doch nicht etwa schwanger?" Sie scheint es nicht glauben zu können. Wahrscheinlich hatte auch sie mich längst abgeschrieben, nur im Gegensatz zu meiner Schwester würde sie mir das nie um die Ohren hauen.

„Ja, du wirst noch mal Oma!"

„Nein!"

„Doch!"

„Wahnsinn. Ich freue mich ja so!"

Unser Essen kommt, aber wir beide ignorieren es. Wir halten jede ein Söckchen in der Hand und wundern uns wie klein die doch sind. Und so süß. Und erst die Füßchen die dann dort drin stecken werden.

„Achtest du auch gut auf dich? Vermeidest Stress. Und ernährst dich gesund?"

„Ja, Mama. Es geht mir gut. Ich mache alles so, wie man es mir gesagt hat."

Sie schweigt einen Moment. Ich kann sehen, wie es in ihrem Kopf arbeitet. „Hast du denn keine Angst, dass etwas passiert und du einen Rückfall bekommst?"

Typisch meine Mutter. Sie wusste schon immer, wie man Paranoia in Gang bringt. Ich weiß, dass sie es nur gut meint, aber manchmal ist es vielleicht besser, seine eigenen Sorgen für sich zu behalten und den Betroffenen nicht damit zu belasten. Denn das ist genau das was sie tut. Sie projiziert ihre Sorgen auf mich.

„Doch, aber ich versuche, mich nicht verrückt zu machen. Tu du das bitte auch nicht. Lass uns einfach essen."

„Es tut mir leid, mein Kind. Aber man muss doch mal darüber sprechen können."

Nein, muss man nicht. Ich fange an zu essen. Auf dieses Thema habe ich keine Lust mehr.

Ich verabschiede mich ziemlich schnell. Wir haben uns nicht viel anderes zu sagen. Und ich will mir meine Freude nicht durch weitere Ängste ihrerseits zunichte machen lassen.

„Wahnsinn! Das ist ja einfach nur wunderbar!" findet Sandra, als ich ihr am nächsten Tag davon berichte. „Du wirst eine ganz tolle Mutter abgeben, das weiß ich mit Sicherheit."

Ich freue mich über ihre Worte. Ihr jüngster Sohn ist gerade mal anderthalb, sie hat noch eine Menge Babyzubehör und Sachen, die sie mir auf der Stelle vermacht.

„Wenn mal irgendwas sein sollte, du kannst mich jeder Zeit anrufen!"

So ist es richtig. Sie macht sich auch Gedanken, aber sie belastet mich damit nicht, sondern bietet ihre Hilfe an. Meine Mutter könnte sich davon mal eine Scheibe abschneiden.

Sandra hat mich krank erlebt und es hat ihr einen milden Schock verpasst. Sie hat Sozialpsychologie studiert und aus erster Hand mitzubekommen, was es heißt erkrankt zu sein hat sie erschreckt, aber auch interessiert. Es war sehr lehrreich für sie. Sie hat mir damals beigestanden, als ich im Krankenhaus war. Und sie war mir eine große Hilfe während meiner Genesung. Ich bin sehr froh, sie meine Freundin nennen zu können.

Als sie vor drei Jahren ihre Wochenbettdepression hatte, war ich an ihrer Seite. Wir sind füreinander da, immer. Das ist gut zu wissen. Es sind nicht nur leere Worte, sondern es sind Worte, denen Taten folgen. Auf sie kann ich mich immer verlassen. Das beruhigt mich ungemein. Selbst wenn alles schief gehen sollte, sie wird mich immer unterstützen.

10

Ich werde immer runder. Mein Bauch und das Baby darin wachsen unaufhörlich. Es fühlt sich so großartig an, schwanger zu sein. In mir entsteht Leben, es ist ein wahres Wunder.

Zwischen mir und Fabian ist alles bestens. Wir lieben uns von Tag zu Tag mehr. Ich bin jetzt im siebten Monat und wir wissen, dass wir einen Sohn erwarten. Fabian freut sich unheimlich. Ich wusste doch, dass er gerne einen Jungen hätte. Ich freue mich natürlich auch. Und sein Name steht schon fest: Benjamin.

Die Einschränkungen, die eine Schwangerschaft mit sich bringt, machen mir nichts aus. Auch wenn ich Kaffee schmerzlich vermisse. Aber nicht mehr lange, dann kann ich ihn wieder genießen.

Ich schlafe gut, ernähre mich gesund, das Kind ist gesund, ich brauche noch immer keine Medikamente. Alles ist schön.

Fabian arbeitet viel, das ist das einzige was mich stört. Er ist beinahe jeden Abend unterwegs. Seiner Firma geht es prächtig und das ist der Preis den wir dafür bezahlen. Aber ich stehe jeden Morgen mit ihm zusammen auf und wir frühstücken gemeinsam. Das ist ein festes Ritual von dem wir an keinem Tag abweichen.

„Gestern war es wirklich wild", berichtet er mir an einem Morgen. „Die Band ist hier noch recht unbekannt, aber sie werden einschlagen wie eine Bombe. Und Frank hat in dem Partyrausch seiner Freundin einen Heiratsantrag gemacht."

Da ist es, das Thema das wir immer gemieden haben. Bis zum heutigen Tage.

„Möchtest du heiraten?" fragt er mich ganz direkt.

„Nicht unbedingt. Du denn?"

„Ich liebe dich über alles, aber heiraten muss ich auch nicht. Ich brauche keinen Vertrag um mich an dich zu binden."

Dann sind wir uns ja einig. Thema abgehakt. Oder doch nicht?

„Aber wenn sich deine Meinung irgendwann ändert, sag nur Bescheid. Dann bekommst du einen Antrag", sagt Fabian und zwinkert mir zu. Das ist lieb, aber ich denke, das wird nicht nötig sein. Ich könnte mich ihm nicht näher fühlen. Und unser Sohn ist viel verbindlicher als ein Ehevertrag. Aus einer Ehe kann man ausscheiden, aus der Verantwortung für ein gemeinsames Kind nicht.

Spät in der Nacht klingelt das Telefon. Da ich einen leichten Schlaf habe, wache ich zuerst auf. Es ist Maik, Fabians Bruder. Und er hat schlechte Nachrichten, wie es für diese Uhrzeit normal ist. Er berichtet mir, dass ihr Vater einen Schlaganfall erlitten hat. Er ist in der Nacht verstorben.

Das trifft mich wie ein Schlag. Ich weiß, dass er und Fabian sich nicht besonders nahe standen. Sie haben sich nicht gehasst oder ähnliches, es war nur einfach keine starke Bindung vorhanden, weil sein Vater, als er Kind war, fast nur gearbeitet hat. Davon haben sie sich auch später nicht erholt. Aber es wird ihn treffen, da bin ich sicher.

Soll ich ihn aus dem Schlaf reißen oder lieber bis morgen früh warten, überlege ich angestrengt. Es ist vier Uhr morgens. Unter der Woche. Er hat morgen wieder volles Programm. Aber an Arbeit wird er nicht denken können. Ist es nicht besser, wenn er diese Nachricht ausgeruht übermittelt bekommt? Es werden noch genug schlaflose Nächte auf ihn zukommen.

Ich setze mich in die Küche und trinke Tee. Und ich treffe die Entscheidung, zu warten. Auch ich kann nicht mehr an Schlaf denken. Ich kannte seinen Vater natürlich nicht lange und nicht besonders gut, aber er war mir sympathisch. Und die Tatsache, dass sein Enkel ihn nicht kennen lernen wird, tut mir weh. Er wäre zum ersten Mal Opa geworden und hat sich sehr darauf gefreut.

Ich gehe die Erinnerungen durch, die ich an ihn habe. An unser erstes Treffen, bei dem er mich sehr herzlich in die Familie aufgenommen hat, ohne mich überhaupt zu kennen. Er hat bei Fabian vielleicht einiges falsch gemacht. Aber später im Leben hat er sich verändert. Auch wenn Fabian das noch nicht sehen konnte. Mir tut es leid für die beiden, dass sie ihre Chance, sich näher zu kommen, vertan haben.

Vielleicht sollte ich mich auch noch mal hinlegen. Ich werde die nächsten Tage Kraft brauchen, wenn ich Fabian eine Stütze sein will. Aber ich weiß, ich werde nicht mehr schlafen können. Ich wünschte ich könnte Kaffee trinken, denn ich bin schon bald, nachdem der Schock sich ein wenig gesetzt hat, sehr müde.

Fabians Wecker klingelt heute schon um sieben, er hat im Büro einige Termine. Er schaut mich verwundert an, als er sieht, dass ich schon wach bin. In meinen Augen scheint er zu lesen, dass etwas passiert ist.

„Setz dich", sage ich.

Er übernimmt sofort meinen sorgenvollen Ausdruck und fragt mich, was los ist. „Ist irgendwas mit Benjamin?"

„Nein, aber es gibt schlechte Nachrichten. Maik hat angerufen." Die nächsten Worte fallen mir ungemein schwer. „Dein Vater hatte in der Nacht einen Schlaganfall. Er hat es nicht geschafft."

Fabians Gedanken und Gefühle scheinen sich zu überschlagen. Er sagt nichts. Er hat einen Schock.

„Er wird Benjamin nie kennen lernen", sagt er nach einer Weile. „Er und ich werden nie wieder Schach spielen. Warum habe ich nicht mehr Zeit mit ihm verbracht? Ich dachte, wir hätten noch viele Jahre."

Jetzt kann er seine Tränen nicht mehr zurückhalten. Ich bin froh, dass er weinen kann. Das wird ihn ein wenig befreien.

Ich mache uns noch einen Tee und versuche, ihn zu trösten. „Er hat dich sehr geliebt. Und er wusste, dass du ihn auch liebst."

„Aber wir haben es uns nie gesagt."

„Er hat es mir gesagt, bei unserem zweiten Treffen. Er konnte es vielleicht nicht so zeigen, aber es stimmt."

„Scheiße!" Er weint noch mehr.

Ich weiß nichts Tröstendes zu sagen, deshalb halte ich einfach seine Hand, während er seinen Emotionen freien Lauf lässt.

„Ich muss zur Arbeit", fällt ihm auf.

„Nimm dir doch heute besser frei."

„Nein, ich habe sehr wichtige Termine!"

„Die kann doch bestimmt jemand anderes für dich übernehmen."

„Nein, keiner ist so im Thema wie ich. Ich muss hin."

Er kann sehr stur sein, das kenne ich von ihm. Ich weiß, wenn er sich etwas in den Kopf gesetzt hat, ist er nicht aufzuhalten. Aber vielleicht hat er Recht, vielleicht wird die Ablenkung ihm gut tun. Ich mache ihm ein paar belegte Brote, die er hoffentlich essen wird. Und dann lasse ich ihn ziehen.

Ich entschließe mich, eine Runde spazieren zu gehen. Jetzt zu Hause zu bleiben würde mir sicher nicht gut tun.

Beim Gedanken an eine Schwangerschaft, also eine Zeit ohne meine Medikamente, habe ich immer befürchtet, dass etwas Schlimmes passieren könnte was mich aus der Bahn wirft. Ich bin von diesem Todesfall zwar nicht so direkt betroffen wie Fabian, aber es nagt doch an mir. Jetzt muss ich sehr auf mich aufpassen. Ich werde alle Kraft für mein Baby und Fabian brauchen, denn jetzt muss ich für ihn da sein. Er ist nicht der Typ Mensch, der andre mit seinen Problemen belastet. Er hält alles tapfer aus und durch. Aber er ist mein Partner und ich werde ihn leiden sehen. Ohnmächtig, größtenteils. Das wird mich einiges an Kraft kosten. Ich werde also auf mich und auf ihn aufpassen müssen. Und darauf bereite ich mich vor.

Nach meinem Spaziergang koche ich mir etwas Nahrhaftes zu essen. Dann versuche ich, ein wenig zu schlafen. Das gelingt mir, was mich überrascht und freut. Anscheinend haben werdende Mütter einen Selbstschutzmechanismus, der dafür sorgt, dass sie Ruhe bekommen.

Ich schlafe sehr lange, denn als ich aufwache, liegt Fabian neben mir. Er wollte bei mir sein, obwohl er an Schlaf gar nicht denken kann.

„Hey", begrüße ich ihn. „Wie hast du den Tag überstanden?"

„Ganz okay. Die Ablenkung war genau das Richtige, denke ich. Aber für morgen habe ich mir frei genommen. Ich will zu meiner Mutter." Das kann ich verstehen. „Ich habe vorhin mit ihr telefoniert. Sie ist einfach nur fertig. Ich will mich um alles kümmern, was jetzt ansteht. Mein Bruder kommt auch."

Dass er ein anpackender Mensch ist, wusste ich schon. „Das ist doch ein guter Plan. Soll ich auch mitkommen?"

„Nein. Du bleibst zu Hause und kümmerst dich um dich. Mach dir um nichts Sorgen."

„Ich versuche es."

11

Die drei Wochen bis zur Beerdigung dehnen sich. Die Zeit scheint beinahe still zu stehen. Fabian verschließt sich mir gegenüber. Er möchte vielleicht einfach nicht, dass ich seinen Schmerz spüre. Ich spüre ihn natürlich trotzdem, aber das sage ich ihm nicht. Wir beide bringen alle uns verfügbare Stärke auf, um unser Leben so normal wie möglich zu gestalten. Er geht wieder arbeiten, ich versorge mich und unser ungeborenes Kind. Wir passen aufeinander auf. Und es klappt ganz gut. Nur manchmal, nachts, wenn er denkt, dass ich schlafe, höre ich ihn weinen. Das bricht mir das Herz. Aber er will vor mir einfach keine Schwäche zeigen, deswegen tue ich so, als würde ich nichts davon wissen.

Am Tag der Bestattung gibt Fabian das zu, was er sich bisher, zumindest verbal, nicht eingestanden hat. „Ich werde ihn vermissen."

„Ich weiß, Schatz. Aber denk daran, in deinen Erinnerungen lebt er weiter."

„Ja, ich wünschte nur ich hätte mehr davon."

Es tut mir in der Seele weh ihn so zu sehen und die Verletzlichkeit aus seiner Stimme herauszuhören. Ich wünschte, ich könnte irgendetwas tun.

Es ist meine erste Beerdigung. Ich blicke auf die Blumengebinde und zur Urne und werde nachdenklich. Es ist so unheimlich traurig zu wissen, dass seine ganzen Überreste in diesem kleinen Gefäß sind.

Die Rede des Pastors ist sehr emotional. Seine Mutter hat einen großen Einfluss genommen. Es wird viel geweint. Auch bei Fabian und mir fließen die Tränen. Dass wir das beide zulassen können, ist ein gutes Zeichen. Die Trauerarbeit ist in vollem Gang.

Beim Leichenschmaus werden Erinnerungen an Fabians Vater ausgetauscht. Seine Mutter macht den Anfang.

„Ich kann mich noch an den Tag erinnern, als wir uns kennen lernten. Wir waren bei einer Tanzveranstaltung. Er hat mich aufgefordert und zuerst wollte ich nicht. Er hatte den Ruf eines Schürzenjägers, der ihm vorausgeeilt war. Aber er hat nicht locker gelassen. Er versichert mir, dass ich das schönste Mädchen sei, das er je gesehen habe. Und mit seinem Charme hat er mich dann schließlich überzeugt."

„Du warst wirklich das schönste Mädchen", bestätigt Fabians Onkel. „Und du hast ihn sehr glücklich gemacht."

Bei Fabians Mutter fließen die Tränen. „Er mich auch."

So traurig es auch ist, seine große Liebe zu verlieren, so muss man sich dennoch glücklich schätzen, dass man sie finden durfte. Dieses Glück haben nicht alle Menschen. Es ist etwas Besonderes. Manche Paare sind aus den falschen Gründen zusammen. Aber diese beiden haben sich Jahrzehnte lang aufrichtig geliebt.

„Ich kann mich noch an den Tag seiner Geburt erinnern", sagt Fabians Onkel. „Er war so klein, eine Frühgeburt, und er hatte noch ganz viele pechschwarze Haare auf dem Rücken. Er hat geschrien wie am Spieß. Da wussten wir alle, dass er etwas Besonderes ist. Er hat sich durchgekämpft und ist fit geworden. Wir haben ihn sehr geliebt."

Maik, Fabians Bruder teilt auch eine Erinnerung mit uns. „Ich muss so fünf gewesen sein, meine erste Erinnerung überhaupt. Papa hat mich beim Autofahren auf den Schoß genommen und ich durfte lenken. Das war so aufregend. Ein echter Nervenkitzel. Das werde ich nie vergessen."

„Ich erinnere mich noch an den Tag meiner Einschulung", beginnt nun auch Fabian. „Ich war so aufgeregt und habe mich gefreut. Ich wollte endlich mit dem Lernen loslegen. Aber Papa meinte nur: ‚Sohn, hier lernst du nichts fürs Leben. Die wahren Lektionen bringe ich dir bei. Aber du musst trotzdem hingehen.‘ Damals konnte ich nichts damit anfangen, aber er hatte Recht."

Keiner von uns hat wirklich Hunger. Aber wir wissen alle, dass wir bei Kräften bleiben müssen, also zwingen wir uns ein wenig Essbares herunter, während noch weitere Geschichten die Runde machen. Ich kann leider nichts beisteuern, wir haben uns nur drei Mal getroffen. Aber ich höre gerne zu. Er hat vielen Menschen sehr am Herzen gelegen.

Da Fabian sehr ausgepowert ist, fahre ich uns nach Hause. Aber mir ist dabei irgendwie komisch. Ich habe das Gefühl, in einem Film zu sein. Alles um mich herum wirkt unreal. Eine Angstwelle bewegt sich durch meinen Körper und ich habe das unbändige Verlangen eine zu rauchen.

Ich fahre weiter und versuche, mir nichts anmerken zu lassen. Aber ich bekomme es mit der Angst zu tun. Noch knapp einen Monat bis zum Geburtstermin. Jetzt darf einfach nichts mehr schief gehen. Ich muss bis dahin durchhalten. Jetzt einen Rückfall zu haben wäre unsagbar schlecht.

Das ist nur eine Panikattacke, versuche ich mir zu sagen. Mir kann nichts passieren. Aber sicher bin ich mir da nicht. Es fühlt sich anders an. Ernster.

Okay, jetzt nicht die Nerven verlieren, denke ich. Entspann dich. Aber wie soll ich das, wenn in mir etwas brodelt? Ist es ein Rückfall oder nur ein kurzer Moment? Geht das vorbei? Ich weiß es nicht. Ich werde abwarten müssen.

Zu Hause mache ich uns einen Tee, in der Hoffnung, dass der meine Nerven beruhigt. Ich muss unbedingt runterkommen. Das kann nicht gut sein für Benjamin.

Ich war die letzten drei Jahre gesund, ich weiß nicht mehr sicher, wie sich ein Rückfall anfühlt. Vielleicht mache ich mich auch einfach nur verrückt. Heute war ein anstrengender Tag. Das kann einen schon mal aus der Bahn werfen. Morgen ist bestimmt wieder alles gut.

Wir legen uns ins Bett und ich schlafe immerhin vier Stunden. Das werte ich als gutes Zeichen. Es ist lange nicht ausreichend, aber ich konnte mich wenigstens genug entspannen um einzuschlafen. Das ist doch schon mal was. Ich fühle mich allerdings immer noch nicht besser. Ich mache mir Sorgen, extreme Sorgen. Dass irgendjemandem den ich kenne etwas zustößt. Und, dass es meinem Kind nicht gut geht in meinem gestressten Bauch. Ich kann mich nicht dazu aufraffen, Frühstück zu machen. Ich warte bis Fabian aufwacht und das übernimmt.

„Du siehst gar nicht gut aus", merkt er an.

„Ich habe nur schlecht geschlafen", gebe ich zurück. Wenn es nur das wäre.

Fabian hat sich die nächsten zwei Wochen frei genommen. Er und sein Bruder wollen für ein paar Tage mit ihrer Mutter verreisen, um sie auf andere Gedanken zu bringen. Das finde ich gut, aber ich habe auch ein wenig Angst vor dem Alleinsein.

„Wann fahrt ihr noch mal?" frage ich. Ich habe es wirklich vergessen.

„Morgen früh. Zum Glück hat meine Mutter Ja gesagt. Wir dachten schon sie würde sich weigern das Haus zu verlassen. Hoffentlich macht sie keinen Rückzieher mehr."

„Ja. Es wird ihr und euch bestimmt gut tun." Mir nicht, denke ich. Aber das behalte ich für mich.

Den Tag über versuche ich, Fabian aus dem Weg zu gehen. Ich liege viel im Bett. Wenn wir uns doch begegnen, gelingt es mir, zumindest so zu tun als wäre alles in Ordnung. Noch, noch gelingt mir das. Ich bin noch nicht ganz unten angekommen.

Ich weiß jedoch nicht, ob ich alleine klar kommen werde wenn er weg ist. Obwohl ich froh bin über seine Reise, dann muss er mich so nicht sehen. Während ich im Bett liege und mich vor einer Einweisung in ein Krankenhaus fürchte, kommt mir eine Idee. Ich

177

werde Sandra fragen, ob ich für ein paar Tage zu ihr kommen kann. Vielleicht macht es ihr nichts aus. Ich schicke ihr eine SMS und kündige an, dass es mir nicht so gut geht. Sie ist sofort bereit mich aufzunehmen.

Fabian und ich essen das Abendbrot das er für uns bereitet hat, dann können wir endlich ins Bett. Er muss früh raus, deshalb bleiben wir nicht mehr lange auf.

Die Angstgedanken lassen mich jedoch nicht schlafen. Und die Tatsache, dass ich mit niemandem darüber reden kann, macht es noch schlimmer. Wenn ich mich doch nur jemandem anvertrauen könnte der mich beruhigen kann. Ich mache mir solche Sorgen, dass es Benjamin nicht gut gehen könnte.

Irgendwann haut mich die Erschöpfung so um, so dass ich zumindest ein paar Stunden schlafe. Das ist schon mal die halbe Miete. Erst wenn ich gar nicht mehr schlafen kann wird es ernst.

Ich verabschiede Fabian, dann ziehe ich mich an und mache mich auf zu Sandra. Die Fahrt bis zu ihr wird knapp eine Stunde dauern. Trotzdem nehme ich die Bahn, ich will in meinem Zustand nicht fahren. Mit Ach und Krach schaffe ich die Strecke, bin dann aber völlig platt. Sandra bietet mir an, mich erstmal hinzulegen. Reden können wir später noch. Das Angebot nehme ich gerne an. Sie haben den Dachboden ihres Hauses ausgebaut, der nun als Gästeraum dient, dort werde ich einquartiert. Überraschenderweise schlafe ich ein und wache erst am Nachmittag wieder auf. Vielleicht liegt es daran, dass ich mich hier sicher fühle und ich ein wenig die Verantwortung für mich abgeben kann. Vielleicht ist es auch die Gewissheit, dass ich mich die nächsten Tage nicht verstellen muss. Auf jeden Fall tut es mir gut, hier zu sein. Dennoch plagen mich die Gedanken weiterhin.

Sandra bringt mir ein bisschen Kuchen und setzt sich zu mir. „Was ist denn los, Süße?"

„Ich habe Angst. Wahnsinnige Angst. Und komische Gedanken. Ich fühle mich nicht gut. Und ich will auf keinen Fall einen Rückfall bekommen. Nicht, bevor Benjamin geboren ist. Ich fühle mich so k.o. Ich glaube, wenn ich nicht zu dir gekommen wäre, hätte ich ins Krankenhaus gemusst."

„Ach Mensch. Das tut mir leid. Aber hey, du kannst so lange bleiben wie du möchtest. Ich kümmere mich um dich. Mach dir um nichts Gedanken. Dein Job ist es jetzt, dich auszuruhen. Nichts anderes. Allen deinen Lieben geht es gut. Und Benjamin auch, da bin ich sicher. Versuch, dich zu entspannen."

Sie überreicht mir einen MP3 Player. „Hier ist PMR drauf – Progressive-Muskel-Relaxation. Hör es dir mal an, vielleicht hilft das. Ich finde es auf jeden Fall gut. Ich mache es manchmal vor dem Schlafengehen."

Ich bedanke mich bei ihr, für alles.

„Wenn du reden willst, sag einfach nur Bescheid. Oder wenn du nicht reden willst, aber du auch nicht allein sein möchtest. Die Kinder sind bei der Tagesmutter, ich habe nur Alex und der ist so pflegeleicht, der kleine Engel."

„Ich danke dir, Sandra. Ich wüsste nicht, was ich ohne dich tun würde. Wirklich. Du hast mir das Leben gerettet. Mir und Benjamin."

„Na, das ist schon gut. Du bist hier jeder Zeit willkommen!" sagt sie und streichelt mir über den Kopf. Ich fühle mich hier richtig gut aufgehoben. Sie sorgt dafür, dass ich esse und trinke. Achtet auf meine Bedürfnisse. Lässt mich in Ruhe wenn ich Schlaf brauche und kümmert sich einfach rührend. Ich kann mich einfach entspannen, kann mich im Bett verkriechen. Habe keine Pflichten. Niemand will etwas von mir. Und wenn ich Angst kriege, kommt sie zu mir und tröstet mich. Sagt mir, dass alles gut ist. Dass es keinen Grund zur Sorge gibt. Mit solch guter Pflege kann ich es vielleicht schaffen. Ich hab schon ein bisschen weniger Angst. Sandra hat eine beruhigende Wirkung auf mich. Dass wir so gute Freunde sind hilft auf jeden Fall auch. Im Krankenhaus hätte ich das nicht. Im Gegenteil. Da können andere Patienten oft zu Stressfaktoren werden. Das Los bleibt mir hier erspart. Es könnte nicht besser sein.

Fabian wird eine Woche weg sein. Wenn ich Glück habe, geht es mir bis dahin wieder gut.

„Möchtest du mit uns zu Abend essen oder soll ich dir etwas aufs Zimmer bringen?" fragt Sandra mich später.

„Vielleicht morgen. Heute würde ich lieber hier essen."

„Wie du möchtest. Gar kein Problem. Ich hoffe du magst Frikassee…"

Sie scherzt. Sie weiß ganz genau, dass das mein Lieblingsessen ist. Und sie hat es extra für mich gekocht. Ich liebe sie dafür.

Sie bleibt bis ich aufgegessen habe. Zu viel Isolation sei auch nicht gut, meint sie. Und ich weiß ja, dass sie Recht hat. Ihre Präsenz macht mir auch gar nichts aus. Nicht, dass ich ihre Familie nicht mag. Aber wir kennen uns einfach gut, die anderen sind doch eher Fremde. Und momentan möchte ich nur gute Vertraute um mich haben. Sandra versteht das, ohne dass ich es ihr erklären muss.

„Wie sieht es denn jetzt in deinem Kopf aus?" fragt sie mich.

„Da herrscht noch ein ziemliches Durcheinander. Aber meistens weiß ich zumindest, dass die Gedanken Quatsch sind. Dass ich vorhin geschlafen habe, hat mir gut getan und mich wieder ein bisschen auf Spur gebracht. Ich versuche, mich nicht hineinzusteigern. Das ist nicht so leicht. Aber ich will es wirklich schaffen. Ich muss. Ich habe keine Wahl."

„Du wirst es schaffen. Und wenn was ist, wir sind eine Etage tiefer und alle auf deiner Seite. Niemand hier will dir was Böses. Du bist absolut sicher."

Es tut gut, diese Worte zu hören. Ich bin sicher. Kein Grund zur Sorge. Das sage ich mir auch immer wieder in meinen Gedanken. Aber es ausgesprochen zu hören ist tausend Mal hilfreicher. Ich entspanne mich merklich.

„Versuch es jetzt mal mit der PMR und dann schlaf eine Runde." Sie gibt mir einen Kuss auf die Stirn und geht wieder nach unten, zu ihrer Familie.

Ich folge ihrem Rat und ja, sie hat Recht. Ich fühle mich ein wenig entspannter. Die Stimme des Sprechers ist ungemein beruhigend. Und die sanfte Melodie, die im Hintergrund spielt, ergänzt das prima. Ich kann mich gut darauf einlassen.

Ich schlafe in dieser Nacht. Zwar mit Unterbrechungen, aber ich schlafe. Beinahe bis sieben Uhr. Der Tapetenwechsel tut mir gut. Auch die Tatsache, dass ich nicht so sehr von Trauer umgeben bin wie zu Hause.

Die Morgende sind für Depressive am härtesten. Meist lichtet sich der Schleier im Laufe des Tages – am Abend ist man recht gut drauf. Weil wieder ein Tag geschafft ist. Auch mir geht es so. Ich nehme mir vor, heute Abend mit der Familie zu essen, aber den Tag möchte ich alleine verbringen.

Sandra bringt mir Frühstück und Mittagessen und überschüttet mich mit Liebe. Sie erzählt mir lustige Geschichten von ihren Kindern und bringt mich zum Lachen. Nicht aus vollem Herzen, denn ich bin noch immer schwermütig, aber ich lache. Das soll ja bekanntlich die beste Medizin sein.

„Ohhh, Tante Anna! Du hast aber einen dicken Bauch!" Das sagt Hailey, Sandras Vierjährige. Sie hat mich die letzten Monate nicht gesehen und ist sehr überrascht.

„Ja, da kommt bald ein Baby raus", erklärt Sandra.

„Ein Junge oder ein Mädchen?"

„Ein Junge", sage ich. „Er hat auch schon einen Namen. Möchtest du den wissen?"

„Jaaaa!"

„Wie findest du denn Hartmut?"

„Schlimm!"

„Und was ist mit Franz-Josef?"

„Auch schlimm!"

„Und wie ist Benjamin?"

„Der ist gut!"

„Dann nehmen wir den, ja?"

„Okay."

Samuel ist inzwischen auch eingetrudelt. Wir begrüßen uns. Er drückt mich ganz fest. Anscheinend ist er völlig im Bilde. Aber das stört mich nicht. Ich vertraue auch ihm.

Er erzählt ein paar Anekdoten von seiner Arbeit als Kinderarzt. Sie sind wirklich komisch, also muss ich schon wieder lachen. Das wirkt so befreiend. Dennoch bin ich bald erschöpft und ziehe mich nach oben zurück. Auch ohne PMR falle ich in tiefen Schlaf, aus dem ich erst am nächsten Morgen erwache. Ich glaube, ich bin über den Berg.

Die Mahlzeiten nehme ich die nächsten Tage mit den anderen zusammen ein. Sie versuchen, mich aufzumuntern und das gelingt ihnen gut. Von mir wird nichts erwartet. Im Anschluss ziehe ich mich jedoch in mein Zimmer zurück und ruhe mich aus. Ich wünschte, es könnte ewig so bleiben.

Der Geburtstermin ist in drei Wochen. Viele Frauen haben Angst davor. Aber nicht ich. Nein, ich freue mich darauf. Nicht auf die Schmerzen, natürlich. Aber ich freue mich, meinem Kind endlich zu begegnen. Und die Geburt gehört nun einmal dazu. Das werde ich schon schaffen, da mache ich mir keine Sorgen. Außerdem wäre mein Sohn dann in Sicherheit. In meinem Körper ist er das leider nicht.

Ich weiß noch nicht, wie ich die letzten zweieinhalb Wochen bis zur Geburt durchstehen soll, wenn ich wieder nach Hause gehe. Soll ich Fabian reinen Wein einschenken? Aber er hat schon genug Kummer. Den will ich nicht noch verschlimmern. Aber will ich wirklich vor dem Mann den ich liebe Geheimnisse haben? Auch wenn es zu seinem Schutz ist…

Heute Abend kommt Fabian zurück und ich habe einen Entschluss gefasst: Ich werde ihm die Wahrheit sagen.

Nachdem wir die letzten Tage nur gesimst haben, rufe ich ihn an. Ich vermisse seine Stimme.

„Hey mein Schatz. Na, alles gut? Wie ist das Wetter in Portugal?"

„Herrlich. Wie ist es denn zu Hause?"

Ich habe ehrlich gesagt keine Ahnung. Ich habe nicht darauf geachtet. Dann muss ich ihn wohl doch anlügen. „Auch herrlich", sage ich und hoffe, dass es stimmt.

„Ich vermisse dich", gesteht er mir.

„Ich dich auch." Das tue ich wirklich, sehr sogar. „Es gibt etwas worüber wir sprechen müssen."

„Du klingst ernst. Ist etwas mit dem Baby?"

„Nein. Alles in Ordnung. Aber", ich weiß nicht, ob ich es über mich bringe es zu sagen. „Aber mir ging es die letzten Tage nicht so gut. Ich bin bei Sandra. Und ich würde gerne noch eine Weile bleiben. Bis zur Geburt, wenn möglich."

„Hast du einen Rückfall? Wegen meinem Vater?"

„Nein, nicht direkt. Ich denke, das Schlimmste konnte ich verhindern. Aber ja, es ist wegen deines Vaters. Und wegen der gedrückten Stimmung bei uns. Das war einfach zu viel für mich."

Ich hoffe er versteht das. Das letzte was ich will ist ihm ein schlechtes Gewissen dafür zu geben, dass er seinen Gefühlen freien Lauf gelassen hat.

„Okay, das kann ich nachvollziehen. Tut mir leid. Ich dachte, ich hätte es geschafft meine Traurigkeit zu überspielen."

„Dass du das versucht hast habe ich gemerkt. Aber sowas kann niemand überspielen. Du kannst nichts dafür."

„Tut mir leid, dass ich nicht für dich da sein kann."

„Das macht nichts. Sandra macht das richtig gut. Ich fühle mich hier bestens aufgehoben. Du hast wirklich andere Sorgen."

„Du bist meine Sorge. Ich will auch für dich da sein. In guten wie in schlechten Zeiten, auch ohne Ehevertrag."

„Ich weiß, Schatz. Ich weiß. Und dafür liebe ich dich. Wenn Benjamin erst mal da ist, sind wir wieder eine Familie. Aber jetzt kann ich einfach nichts riskieren. Es war wirklich knapp."

„Dass es dir gut geht ist das Wichtigste. Du weißt am besten was du brauchst. Ich bin froh, dass du so gut auf dich aufpasst. Und wenn das bedeutet, dass ich dich ein paar Tage länger vermissen muss, dann kann ich damit leben."

„Ich habe mir definitiv den richtigen Mann ausgesucht. Ich liebe dich, Fabian."

„Ich dich auch, Anna. Über alles."

Nach dem Gespräch bin ich erleichtert. Auch wenn es mir schwer gefallen ist, war es gut die Wahrheit zu sagen. Damit fährt man einfach immer am besten.

Es ist Zeit fürs Mittagessen, das Sandra und ich alleine zu uns nehmen. Sie ist wie immer tiefenentspannt – und das mit drei Kindern. Ich hoffe, ich werde nur einen Bruchteil ihrer Sorglosigkeit mit Benjamin haben. Ich weiß, dass sie regelmäßig meditiert. Vielleicht sollte ich auch damit anfangen. Ich nehme es mir mal vor. Wenn es sich zeitlich einrichten lässt. Die nächsten Wochen wohl eher nicht. Aber dann später.

12

Die letzten beiden Wochen habe ich gut überstanden. Fabian hat uns ein paar Mal besucht und mit uns zu Abend gegessen. Es fühlt sich wieder so an wie zu Beginn unserer Liebe. Wir treffen uns auf Dates. Es ist ziemlich aufregend. Auch wenn ich es vermisse neben ihm einzuschlafen.

Heute ist wieder so ein Abend. Aber etwas ist anders. Ich glaube, mein Kind versucht meinen Körper zu verlassen.

„Das Fruchtwasser ist geplatzt!" freut sich Sandra. „Es geht los!"

Sie hat Recht. Die erste Wehe überkommt mich wie ein Tsunami.

Es folgen die 12 schmerzhaftesten Stunden meines Lebens. Aber ich bin froh, so froh, dass ich es bis hierhin geschafft habe. Jetzt kann nichts mehr schief gehen. Besonders nicht mit Fabian und Sandra an meiner Seite, die beruhigend auf mich einwirken.

Als mir mein gesunder Sohn in die Arme gelegt wird, bin ich der glücklichste Mensch der Welt. Doch in meinem Kopf rattert es. Ich kann nicht abschalten. Jetzt mache ich mir wieder über alles und jeden Sorgen. Und ich habe Schwierigkeiten, begründete von unbegründeten Sorgen zu unterscheiden. Mein Arzt hat mich davor gewarnt, denn eine Geburt, all die Hormone die dann durch den Körper schießen, kann einen Rückfall auslösen.

Ich berichte der Krankenschwester davon. „Dann wird es wohl besser sein, wenn wir medikamentös dagegen vorgehen", sagt sie. Sie leitet sofort alles in die Wege und ich bekommen meine Medikamente.

Ich werde Benjamin nun nicht stillen können, was ich schade finde, aber nicht zu ändern ist. Sobald die Medis ihre Wirkung entfalten, werde ich ihm eine gute, gesunde Mutter sein.

Ich freue mich darauf!

Sina Graßhof, Jahrgang 1981, ist studierte
Literaturwissenschaftlerin. Sie lebt in Hannover.

Ihre Werke „Passion!", „Kobra Bar",
„Ausgebrannt", „Egotrip" und „Supermodel"
sind ebenfalls im 26 Verlag erhältlich.